中国国家影像工程

民生 1950—1961

新闻简报中国

中央新闻纪录电影制片厂影视资料部 编著

上海科学技术文献出版社

图书在版编目（CIP）数据

新闻简报中国：民生1950～1961/中央新闻纪录电影制片厂影视资料部编著.上海：上海科学技术文献出版社，2009.5
（新闻简报中国）
ISBN 978-7-5439-3797-0

Ⅰ.新···Ⅱ.中···Ⅲ.① 纪录片-解说词-中国-当代②社会生活-史料-中国-1950～1961 Ⅳ.I235.1 D669

中国版本图书馆CIP数据核字(2009)第047491号

责任编辑：张　树
封面设计：汤　婧
历史检索：刘英红　朱晓燕

新闻简报中国
民生1950-1961
中央新闻纪录电影制片厂影视资料部　编著
出版发行：上海科学技术文献出版社
地　　址：上海市长乐路746号
邮政编码：200040
经　　销：全国新华书店
印　　刷：江苏常熟市人民印刷厂
开　　本：740X1020 1/16
印　　张：15.25
字　　数：210 000
版　　次：2009年5月第1版 2009年5月第1次印刷
书　　号：ISBN978-7-5439-3797-0
定　　价：35.00元
http://www.sstlp.com

序

中国电影,新闻简报

中央电视台副台长　中央新闻纪录电影制片厂厂长　**高峰**

人们总是对自己的来处充满好奇。

面对奔腾不息的时间之河,岁月流逝的速度有多快,想要探究过往的愿望就有多强烈。

而对于历史的态度,将影响我们的现实和未来。

在共和国迎来六十华诞之际,我们想用诚实的眼睛,带着尊重的心,回望共和国的青春往事。

1949年,《新闻简报》伴随着新中国一起诞生。它用电影胶片纪录和传播新闻,每周一期,每期约十分钟,含括了社会生活的各个领域。1978年后改为《祖国新貌》,直到1993年结束。

如今,这些影片安静地栖身在中央新闻纪录电影制片厂的库房里。

那是真真实实存在过的历史。

曾经举步维艰又充满希望,曾经沸腾如火又激情莽撞。

和书本上的历史不同,《新闻简报》里有一个鲜活的中国。今天,当这些黑白画面在眼前滑过,即便已经隔着几十个春秋的距离,那些单纯的、饱满的、粗糙的、新鲜的气息依然喷薄而出。

摄影机不说谎。

进步是真实的进步,幼稚是真实的幼稚;喜悦是真实的喜悦,苦涩是真实的苦涩。

在我们每个人心中,都珍存着关于成长的记忆。

国家同样如此。

为此，必须要感谢所有尽忠职守的前辈。作为当时唯一一个用镜头纪录时代的团队，他们为共和国留下了一部影像档案，让今人知道：我们从哪里来。

而作为中国最大的纪录电影摄制机构，中央新闻纪录电影制片厂是当年中国百姓文化生活的重要创造者：《新闻简报》曾是国人集体收看的"新闻联播"——在电影院里，或者在露天的广场上。

距离自己千里之外的素不相识的人们，他们过着怎样的生活？他们有着怎样的情感？

年轻的共和国，经历着怎样翻天覆地的变化？

故事片开映前十分钟的"加片"并不仅仅是热场，它让人们得知了南国粮食的丰收、东北工厂的投产、西部铁路的铺通、外国友人的来访；还有，泼水节的欢乐有多么浓烈，全运会上是谁打破了纪录，全聚德的烤鸭如何美味，英雄牌金笔怎么做到高品质……

《新闻简报》是电视机进入中国家庭之前，一个极为广泛而有效的大众传播渠道。

对于20世纪六七十年代的中国人来说，《新闻简报》是新闻，是政治，是文化，甚至是娱乐。它是一扇打开的窗，在某一段时期里甚至是唯一的一扇窗，所以才有了这样的描述：越南电影，飞机大炮；朝鲜电影，哭哭笑笑；罗马尼亚电影，搂搂抱抱；阿尔巴尼亚电影，莫名其妙；中国电影，新闻简报。

在纪录历史的过程中，《新闻简报》自己也进入了历史。

如今，我们已生活在多元化的时代，也正是在这个彩色的世界里，那些黑白影像开始显露出经过时间沉淀的质感。喧嚣热闹中，它无声地提示着：还有另一个认识自己的维度。

所以，我们开启多年的珍藏，选编了这十册图书。

修去岁月的划痕，让历史清晰显影。在这样的愿望下，本套图书力求原汁原味：全部图片都来自纪录影片的画格，并保留了具有强烈时代感的原片解说词。独家拥有和首次面世，是本套图书的核心价值；学习尊重历史和聆听历史，是编者由衷的期许。

六十年一甲子，谨此向所有的成长致敬。

2009 年 4 月

目　录

新闻简报　1950—3　　　　　　　　　　　　　　　　1

　收容乞丐游民

新闻简报　1950—23　　　　　　　　　　　　　　　9

　中国的五一节

新闻简报　1953—2　　　　　　　　　　　　　　　　18

　画家齐白石 93 岁寿辰

新闻简报　1954—22　　　　　　　　　　　　　　　27

　祁门红茶

新闻简报　1955—15　　　　　　　　　　　　　　　37

　群众业余歌舞观摩演出

新闻简报　1956—3　　　　　　　　　　　　　　　　46

　防治血吸虫病

今日中国　1956—7　　　　　　　　　　　　　　　　54

　北京动物园

新闻简报　1956—33　　　　　　　　　　　　　　　64

　娃娃的家

新闻简报　1956—20　　　　　　　　　　　　　　　71

　边疆的电影

新闻简报　1956—28　　　　　　　　　　　　　　　79

　烤鸭

新闻简报　1956—47　　　　　　　　　　　　　　　88

　汽水

新闻简报　1956—48　　　　　　　　　　　　　　　97

　中医医院

新闻简报　1957—7　　　　　　　　　　　　　　　　106

　清朝"探花"的晚年

今日中国　1957—7　　　　　　　　　　　　112
　香烟

新闻简报　1957—40　　　　　　　　　　　121
　飞鸽牌自行车

新闻简报　1957—41　　　　　　　　　　　130
　访周璇

新闻简报　1958—12　　　　　　　　　　　139
　群策群谋除四害

新闻简报　1958—31　　　　　　　　　　　149
　东风牌小汽车

新闻简报　1959—20　　　　　　　　　　　159
　有轨电车行驶

新闻简报　1959—60　　　　　　　　　　　168
　太监的晚年

新闻简报　1959—60　　　　　　　　　　　178
　红旗牌轿车

新闻简报　1960—2　　　　　　　　　　　189
　100 号英雄金笔

新闻简报　1960—39　　　　　　　　　　　197
　昆明湖畔的诗会

新闻简报　1960—57　　　　　　　　　　　209
　水墨动画片

新闻简报　1961—10　　　　　　　　　　　216
　幸福牌摩托车

今日中国　1961—13　　　　　　　　　　　226
　北京啤酒

收容乞丐游民

原片解说词

上海市人民政府根据第二届各界代表会议所通过的冬令救济案，命令民政、公安两局于12月12日立即开始工作，已经收容的有终年流浪街头的儿童、乞丐、残废、老年妇女和扒手，他们都是旧社会制度下的产物。反动统治下的旧社会，没有给人民以劳动的自由和执业的保障。失业贫困的苦难使他们走向了这龌龊的道路。已收容的正在进行谈话和登记的，是大扒手头子余金生，这是流氓头子张

> 片头

1

> 组织游民田间耕地

> 组织游民室内学习

宝荣。登记中，根据不同的对象做不同处理。给他们以劳动与改造的机会，使他们成为有用的人。政府还派出大批干部为他们工作，向他们说明政府收容的本意。这是上海市历史上所没有过的，也是在帝国主义和反动统治下绝不能办到的一件大事。这群可怜的人，如今他们都得到了救济，在政府和各界人民的努力帮助下，使他们都得到了温暖的生活，从此他们可以安心地学习，改造自己，参加生产，使自己成为建设新中国的一份力量。

乞丐问题是中国数千年来无法根治的痼疾。旧时，乞丐大街小巷到处都是，当时把乞丐叫做"花子"，北京土话也叫"打闲的"。这些人成分相当复杂，有成群结队的，也有独挑的。这些乞丐整天流窜街头，遇到店铺开业或者有人家办喜事，手拿"哈拉把"（牛肩胛骨做成的响器）的"花子"便蜂拥而至。有

> 2

念喜歌的,有唱太平歌词的,有唱数来宝的,办事人不堪其扰,于是就找"看街人"代为设法阻拦,本家拿些剩菜、剩饭和钱来打发这帮花子。

历代为了消除无业游民都采取了很多措施,晚清时期政府一方面采取传统赈抚政策,发放"恩赏米石",收养老弱病残,设立粥厂,收留灾荒与战争性无业游民;另一方面,政府采取了一些新的措施。在"振兴实业"的口号下推广"工艺局","收养贫民,教以工艺",为乞丐流民创造自食其力的条件。

进入民国,丐帮中还出现过自发的"乞丐互助会"组织,群丐选出会长,多次到商会请愿,要求商会通知各商家把施舍零钱数目增加一倍。商会表示无法推行,并提出可以介绍"乞丐团"的成员去粥厂喝粥,但这些措施都没有彻底解决乞丐问题。

新中国成立之初全国各大城市共有多少游民已难以统计,仅从全国各地举办的 920 所生产教养机构所收容改造的数量来看,到 1953 年就收容改造了 44.6 万人(包括妓女)。如果加上大量收容后被遣返回原籍的游民,人数

> 给乞丐发放衣物

> 往乞丐身上喷洒毒气

> 登记游民乞丐

应该比这个数目要大得多。大量游民的存在，不仅影响了新中国城市的形象，而且这些人还在城市街区各交通要道、公共场所和居民点偷抢扒窃、强讨恶要、行凶滋事，甚至加入帮会，严重影响了社会治安，乃至社会的稳定。所以，处理游民问题就成为新中国成立伊始党和政府面临的主要问题之一。

1952年8月，政务院在《关于劳动就业问题的决定》中则明确指出："对于有劳动力的游民乞丐，则应强迫劳动，条件可能时最好是集中收容，劳动改造。"1953年12月政务院第197次政务会议批准、1954年1月13日第二届全国民政会议通过的决议也规定："对游民乞丐应组织他们参加劳动，使之自食其力，逐渐就业。"并具体提出："应根据必要和可能按其有无劳动力分别予以教养、救济或劳动改造。对一切有劳动能力的人，应设法使其在城市或去农村参加劳动，以自食其力。必须纠正那些想把城市所有贫民、游民等一下子包下来、都施以救济的错误观点。"

新中国处理游民的工作，采取"劳"、"教"结合的方式。首先在生活上最大限度地关怀他们。改正乞丐散漫无纪律和惰性恶习，提高其服从领导和自

> 解放前的成人乞丐

已管自己的自觉性。各收容所制定入所规则,规定乞丐入所后要服从领导,不得随便出门;遵守作息时间,不得随便大小便,保持所内清洁,禁止打架吵嘴。乞丐入所一律理发、洗澡,酌予补充或借给衣服、鞋、被等物,声明物品不作"恩赐",将来要乞丐无利偿还,目的在于鼓励、教育他们参加劳动。供给标准是:早晚两餐,初定每人每天750克(一斤半)小米(柴、菜在内),同时向他们讲明过去行乞是受剥削受压迫的结果,寄生思想的耻辱,人要生存就必须劳动,不劳动者不得食。乞丐们通过思想教育与自身入所前后的对比,逐步提高了认识,树立起劳动的观念,并主动提出要与过去划清界限。

很多职业乞丐感慨地说:"刚要饭时被人打骂欺侮十分苦。日子长了学会要赖,又拜了师父,在外面就不受气了。但受师父的打骂更厉害,要回来的

★ **历史检索** ★ ────────────────────────────

1950年1月5日 《关于发行人民胜利折实公债的决定》通过后,人民胜利折实公债发行,总额为2万万分,于1950年内分两期发行。第一期在1950年1～3月间定期发行,继续发行时间,由政务院决定。第一期公债1万万分超额完成,达到了原定两期发行总额的70.4％。后因国家财政状况已基本好转,第二期公债未再发行。该项公债以实物为计算标准。此后,随着财政经济状况好转和市场物价的稳定,折实公债为货币公债所取代。

东西得交给他，自己只得很少的钱。收容所真是好，吃喝都比外面强。"他们都主动检举了自己所谓的师傅的罪行，并要求收教干部赶快将其收容管制。

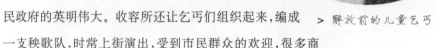

> 解放前的儿童乞丐

收容所还积极组织乞丐参加文娱活动，使他们从中受到思想教育。一些在旧社会专靠唱数来宝、打竹板进行乞讨的职业乞丐，在收容所内编写了新内容的数来宝，歌颂人民政府的英明伟大。收容所还让乞丐们组织起来，编成一支秧歌队，时常上街演出，受到市民群众的欢迎，很多商户自发地拿出烟、茶、糖果招待他们，乞丐很受感动。他们说："以前没有人把我们当人看，没有人理我们，现在我们也受到人民的欢迎。"我们一定要好好接受教育改造，争取成为一名自食其力的新人，重新回到社会中来。"很多当时在上海的外国人都说："我在中国有40多年了，从没有见过这样的游行，共产党是任何党不能相比的。在国民党时，他们不办正事，每天有很多乞丐来纠缠我，这还是小事，穷人无依无靠是大事。今天他们有饭吃，将来又有出路，这都是共产党的德政呀！"

通过"劳动生产与政治思想教育相结合"、"改造与安置相结合"双管齐下的有效方针，再加上严格的人口移动制度，乞丐这一旧中国的畸形产物终于在新中国的土地上消失了。

★ 历史检索 ★ ————————————————

1950年2月13～25日　政务院财经委员会第一次全国财经会议在北京举行。会议主要研究解决财政经济困难的政策和措施，决定节约开支，整顿收入，统一管理全国财政经济工作，以实现国家财政收支平衡、物资供应平衡、现金出纳平衡和金融物价稳定。

2月18～20日　中国米丘林学会在北京华北大学举行第一届年会，其会员已从最初的30人猛增到3 000多人。"米丘林学会"的这种急剧壮大，无疑反映出"米丘林生物学"在新中国是如何的时髦。选出乐天宇等为理事，该会宣言在米丘林—李森科的理论指导下发展农业技术。"米丘林学会"创办了许多刊物并经常举行辩论会，以传播"米丘林生物学"，在北京文化界有很大影响。

新闻链接

乞丐的由来

我国古代乞丐的历史,几乎与中国文明社会同时开始。虽然乞丐是社会最底层的贫民,不为历代的统治阶级所重视,很少被载入正史之中,但是在文人墨客的私家笔记或野史中,却留下了许多关于乞丐的记载。从这些分散的但又宝贵的记载当中,人们可以看到一幅幅纷纭复杂、色彩斑斓的乞丐画面,上至帝王、文人才子,下迄平民百姓、骗子盗贼,都可在这些行乞的画面中找到,不由得发人深思。

乞丐在我国上古文字中,最早是以单音词出现的。"乞"在金文字中的意思是乞求、求讨,同时又可用为反义,指给予。"丐"又作"句"(gai 丐),在甲骨卜辞中多作祭祀用词,指向神灵乞求,如"崇雨,句于河",即雨大成灾,乞灵于河神。丐也可作给予之义,如《汉书·西域传下》记载:"及载看粮于路,丐施

 > 收容车进收容所大门

(施舍给)贫民。"乞丐二字合成为一词使用,是从汉代开始,而且其本义仍然保留了乞求和给予这两种意思。因此在宋朝以前,乞丐二字尚未用来称呼讨取饭食的人。

那么,在宋朝以前,对讨饭之人是如何称呼的呢?据《孟子》、《吕氏春秋》、《列子》、《后汉书》、《桂苑丛谈》等书记载,有"乞人"、"丐"、"丐人"、"乞索儿"等称呼。这些称谓在宋代以后仍然继续使用,大多一直延续到清末。

"乞丐"一词用来称呼讨饭之人是从宋代开始的,如《太平广记》中引《王氏见闻》的一句话,就将乞丐与马医、酒保、佣作及人贩子之流相提并论。又如《朱子语类》中也记载了当时由于商品经济的发展,市场上以纸钞代替铸币流通之后,有的人早晨还是富商,傍晚就成了一无所有的讨饭乞丐。

清朝的友石子有《京都新竹枝词》写社会的贫富不均,有钱人把钱财万贯化成灰烬,而路旁的乞丐空腹在啼饥号寒,这种景象在旧北京的街头巷尾随处可见。钱财万贯奉菩提,火化成灰尚信迷;盍乞一文略施舍,路旁饥妇抱儿啼。乞丐,亦称"乞儿"、"乞棍"、"乞婆"、"花子"、"叫花子",是以乞讨求食为生的一个特殊群体,这一行可以说自古有之。

★ *历史检索* ★ ————————————————————————————

1950年3月3日　政务院作出《关于统一国家财政经济工作的决定》,确定政务院各财经工作部委职权,节约开支,整顿收入,统一财政收支管理从而控制住通货大量发行。由于这个《决定》的贯彻执行,到四五月间,全国财政经济工作统一,财政收支接近平衡,金融物价趋于稳定,国家财政经济状况初步好转。这是新中国在经济战线上的一个重大胜利。这次统一全国财政经济工作,初步形成了我国高度集中的财政经济管理体制。

职员表

编导:王永宏	摄影:郝玉生
编导:叶 炯	摄影:陈一帆
摄影:王少明	摄影:葛 雷
摄影:李秉忠	摄影:叶 惠
摄影:吴梦滨	摄影:孙景明

中国的五一节

原片解说词

庆祝新中国诞生后的第一个五一劳动节前一日，在首都召集干部纪念大会。会上刘少奇副主席报告说："我们今天来庆祝五一应特别感到兴奋，因为，在过去中国的劳动人民在庆祝自己的节日里，遭到了反动政府和特务军警们的严厉禁止。中国劳动人民经过不断流血与牺牲的斗争，才争得了第一次在自己政府保证之下庆祝自己的节日——五一。今天，人民政府和人民军队、警察，不但不禁止，而且还参加庆祝。这一切，说明了人民革命的大胜利与历史的伟大变革。庆祝五一节！在天安门广

> 片头

慶祝五一勞動節
北京
攝影 少 明 李秉忠 吴梦滨
郝玉生 陈一帆 葛 雷

> 毛主席向群众挥手致意

> 挥手的群众

场举行了20万人的大检阅。游行行列的前边，是百战百胜的英雄武装部队。五月的暴风雨浇湿了20万人的衣裳，但是，它却浇不透我们20万颗热烈的心，它更会激起英雄行列的前进！这是中华民族劳动人民的英雄气概，也是全世界劳动人民的伟大精神！工人阶级的队伍，在北京市总工会鲜红的旗帜率领下进入会场。全世界劳动人民团结起来！保卫和平，反对战争挑拨者！这是全世界劳动人民一致的呼声！工人们尽情地欢呼，万岁！共产党！万岁！毛主席！20万人一条心，20万张脸孔朝着天安门，他们看见了自己敬爱的领袖毛主席，是他把我们从苦难中解救出来，从黑暗中领向光明。今天，他又紧紧地与我们站在一起！领导着我们建设独立、自由、繁荣的新中国。在五月的天空下，在新中国的首都上空，飞起了我们年青而又

★ **历史检索** ★ ————————————

1950年3月29日 中国民间文艺研究会成立，是组织民间文艺研究活动的最高机构。宗旨是"搜集、整理和研究中国民间文学、艺术，增进对人民的文学艺术遗产的尊重和了解，而且推动和帮助了各民族、各省、市这方面的活动，并吸取和发扬它的优秀部分，批判和抛弃它的落后部分，使有助于新民主主义文化的建设。"郭沫若任理事长，老舍、钟敬文为副理事长。该会出版《民间文艺研究集刊》。

勇敢的人民空军。从地下到天空；从天安门广场到全世界劳动人民，迸发出一致的呼声！全世界劳动人民团结起来！保卫世界持久的和平！"

　　1950年的五一节在中国五一节的历史上有着非凡的意义，因为这是新中国法定的第一个五一节。

　　五一节的全称是五一国际劳动节，是全世界无产阶级、劳动人民的节日。

　　追溯五一劳动节的最初的历史，是在1886年5月1日的美国芝加哥。这一年的5月1日，在这座城市工作的21.6万余名工人为争取实行八小时工作制而举行联合大罢工，经过艰苦的流血斗争，终于获得了胜利。为纪念这次伟大的工人运动，1889年7月，当时的共产第二国际宣布将每年的五月一日定为国际劳动节。

　　中国的五一节始于1920年。这一年的5月1日，北京、上海、广州等工业城市的工人群众为了保障自己的权益浩浩荡荡地走向了街市，举行

> 受检阅的部队

> 游行队伍

11

了声势浩大的游行、集会，早期的
中国共产党领袖李大钊专门在
《新青年》上发表了《"五一"运动
史》，介绍五一节的来历和美法等
国工人纪念五一的活动，号召中
国工人把这年的五一作为觉醒的
日期。陈独秀也为庆祝这个节日
发表了《上海厚生纱厂湖南女工
问题》一文，揭露资本家剥削工人

> 毛主席向众人挥手

剩余价值的真相。同时陈独秀还在上海船务栈房工界联合会作了《劳苦者的
觉悟》的演说，阐明了"劳动创造世界""做工的人最有用最贵重"的观点。在
北京，一些青年外出宣传，散发《五月一日劳工宣言》，唤起工人为反对剥削、
争取自身权利而斗争。这是中国首次纪念五一国际劳动节的活动，而这次活
动也就此成为了中国历史上的第一个五一劳动节。

　　新中国成立后，随着社会主义政权的建立，五月一日定为法定的劳动节
也就变成了顺理成章的事情。1949年12月，中央人民政府政务院宣布了这
一决定，并规定五一节当天全国放假一天，而1950年的五一节就这样成为
了新中国法定的第一个五一节。而新中国这第一个五一节注定成为了一个
盛大的节日庆祝。当时的中国，已经是一个沐浴在新时代的曙光里的全新的
中国。而对于广大中国人来说，1950年也是一个好年头，因为这个在硝烟和
血泊中实现了美丽新生的东方大国，已经开始在内政外交上取得辉煌的成
绩。所以一种从未有过的民族自豪感从他们的心中油然而生，而新旧社会的
变化，赋予了中国人在历史前进中新的感觉。从东北的安东到西南的西康，

★ 历史检索 ★ ─────────────────────────────

1950年4月2日　中央戏剧学院在北京正式成立，毛泽东主席亲笔题写校名。它的前身是延
安鲁迅艺术学院、华北大学文艺学院、南京国立戏剧专科学校，院长欧阳予倩，是一所以戏剧
影视艺术教育为主的艺术类大学，是中国戏剧艺术教育的最高学府。

> 军乐队

> 礼炮队

从寒冷的绥远到酷热的海南岛,开始了新生活的人们抑制不住心中的歌唱。五一,这个劳动人民获得新生以后的第一个自己的节日,大型的庆祝集会,自然成为了欢乐的海洋。

后来的五一节继承了1950年的传统,每年到了这个时候都是举国欢庆,人们换上节日的盛装,兴高采烈地聚集在公园、剧院、广场,参加各种庆祝集会或文体娱乐活动,并对有突出贡献的劳动者进行表彰。

那个时代受到表彰的劳模很多,为我们今天人们所熟悉的有掏粪工人时传祥、采油工人王进喜、卖百货的张秉贵等。

★ 历史检索 ★

1950年4月13日　中央人民政府委员会第7次会议,通过《中华人民共和国婚姻法》。5月1日,《婚姻法》公布施行。共7章23条,内容涵盖了婚姻家庭的各个方面,废除了包办强迫、重婚纳妾、侵害妇女儿童权益的封建婚姻制度,建立了婚姻自由、一夫一妻、男女平等的新民主主义婚姻制度。《婚姻法》的基本精神是要消除以男子为中心的"夫权",保护妇女和子女的正当权益。1953年全国开展大规模的贯彻《婚姻法》运动。

今天的五一节在内容上发生了很多变化。放假的时间由 1 天变成了 7 天，活动也逐渐向多元化发展，越来越多的人选择了在这一天结婚或出游，随着五一"黄金周"的形成，传统意义上的五一节已经再难觅踪影了。

新闻链接

其他国家的五一节

五一节作为国际性的节日并不只是中国所独有的，在世界的其他地方，

> 周恩来、沈钧儒、黄炎培等

★ **历史检索** ★

1950 年 6 月 28 日　北京市文艺工作者代表大会开幕，363 名代表出席，老舍致开幕词，北京市文联成立，始称北京市文学艺术工作者联合会，老舍任主席。北京市文联是北京市各文艺家协会，各区、县文联，市属各局、各产业文联组成的人民团体，是党和政府联系全市文艺家的桥梁和纽带。北京市文联的经费来自于国家拨款、会员会费和社会捐助等。

> 刘少奇做报告

人们也在按照自己国家的习惯度过这个一年一度的节日。

美国是劳动节的诞生国家,但美国政府后来在设立劳动节时,自行规定每年9月的第一个星期一为劳动节,所以美国人的劳动节不在5月,而在9月。

每逢9月的劳动节,美国人可以放假一天,全美各地的民众一般都会举行游行、集会等各种庆祝活动,以示对劳工的尊重。在一些州,人们在游行之后还要举办野餐会,热闹地吃喝、唱歌、跳舞。入夜,有的地方还会放焰火。

在俄罗斯,人们也非常重视这个特别的节日,在这一天,游行、集会、娱乐一个都不少,五一这天,俄罗斯全国放假,并举行各种庆祝活动及群众性游行。

过去,上述活动主要是由政府组织,游行队伍中包括各企业、机关的代表。现在,除政府统筹的庆祝活动外,各种不同政见的非政府组织、劳工团体,都会在这一天自发举行各种庆祝活动,既可以借这个机会充分阐述各自的政见,又能扩大本组织的影响。

一般来说,五一游行的队伍要先穿过城市的主要街道、广场,最后在古老的或者宽阔的中心广场举行大型集会和庆典。同时,俄罗斯各地的各种俱

★ **历史检索** ★ ————————————————

1950年6月1~9日　教育部在北京召开第一次全国高等教育会议。会议指出:新中国的高等教育应该以理论与实际一致的方法,培养具有高度文化水平的、掌握现代科学和技术成就的、全心全意为人民服务的、高级国家建设人才;准备和开始吸收工农干部和工农青年进高等学校,以培养工农出身的新型知识分子。会议通过了《高等学校暂行规程》等5项草案。

乐部还会举行内容丰富、色彩缤纷的娱乐活动,人们的节日情绪很高。

在加拿大,9月的劳动节标志着夏天的结束。由于同为北美国家,加拿大与美国一样也是在每年9月的第一个星期一庆祝劳动节。在渥太华、多伦多等城市,每年劳动节时都会举行游行和集会,以此表彰工会组织下的工人对加拿大社会所作出的贡献。

而加拿大与众不同的地方在于大多数加拿大人认为,这个9月的劳动节标志着夏天的结束。一般情况下,家长们会利用劳动节的假期给孩子买新学期的学习用品,商家也往往借机促销文具。

泰国、秘鲁会在五一这天放假一天。泰国于1932年首次颁布劳工条例,随后将每年的5月1日确定为国家的劳动节,以此嘉奖辛勤工作的劳动者。这一天,泰国全国统一放假一天,在首都以及一些大城市会有相关的庆祝活动,不过规模一般都不会太大。

和泰国的情况比较类似,南美国家秘鲁也规定5月1日为国家的劳动节,而且全国放假1天。

> 首都召开的五一干部纪念大会

在意大利，人们既不庆祝五一节，在这一天政府也不规定放假。同为欧洲国家，英国、法国等国都将五一确定为劳动节，不少国家都放假1天，还有的国家则根据情况将公共假期放在5月的第一个星期一。

不过，在这一点上，意大利和世界大多数国家都不太一样，尽管他们承认五一国际劳动节，政府也表示尊重劳工，但一般人并不举行专门的庆祝活动，也没有全国性的五一假期。

★ 历史检索 ★

1950年9月20~29日　教育部和全国总工会在北京联合召开第一次全国工农教育会议，通过了《举办工农速成中学和工农文化补习学校的指示》、《开展农民业余教育的指示》、《职工业余教育暂行实施办法》、《工农速成中学暂行实施办法》、《工农文化补习学校暂行实施办法》、《各级职工业余教育委员会组织条例》等六项草案。

12月11日　内务部颁布《革命烈士家属、革命军人家属优待暂行条例》、《革命残废军人优待抚恤暂行条例》、《革命军人牺牲病故抚恤暂行条例》、《革命工作人员伤亡抚恤暂行条例》、《民兵民工伤亡抚恤暂行条例》。

职员表

编导:高仲明	剪辑:齐晶萍
编导:沙 丹	音乐编辑:陈文甲
编导:钟敬文	录音:刘德仁
摄影:徐肖冰	摄影:吴梦滨
摄影:范厚勤	摄影:刘维翰
剪辑:王兴朋	

画家齐白石93岁寿辰

原片解说词

1月7日,是我国著名画家齐白石93岁的生日,这天,中华全国美术工作者协会和中央美术学院为他举行了庆祝会,参加庆祝会的有首都文化艺术界人士,以及齐白石的好友200多人。他们参观了在庆祝会上展览的齐白石的作品。

画家齐白石出生在湖南省湘潭县的一个贫苦的农民家里,曾经做了15年木匠和雕花木工。他在很小的时候就喜欢绘画,经过了数十年不间断的惊人的苦学,他终于成为

> 片头

状

齐白石先生是中国
人民杰出的艺术家在
中国美术创造上有卓
越的贡献兹值先生九
三寿辰特授予荣誉奖

中央人民政府文化部
部长　沈雁冰
副部长　周扬
　　　　丁西林

一九五三年一月

> 奖状

> 中央人民政府文化部周扬副部长代表中央人民政府文化部授予齐白石荣誉奖状

我国著名的画家。

首都的青年美术工作者们,向齐白石献寿礼,表示对这一老画家的敬意。

首都文化艺术界的著名人士和齐白石的好友,先后在会上致词。

李济深先生讲话。

徐悲鸿先生讲话。

老舍先生讲话。

田汉先生讲话。

叶公绰先生讲话,他们对画家齐白石在美术上的光辉成就和数十年如一日的严肃刻苦地从事艺术工作的精神,一致予以极高的推崇。

中央人民政府文化部周扬副部长代表中央人民政府文化部授予齐白石以荣誉奖状。

★ **历史检索** ★ ————————————

1953年2月11日　中央人民政府委员会听取了邓小平关于全国和地方各级人民代表大会选举法草案的说明,通过了全国和地方各级人民代表大会选举法,组成以刘少奇为主席的中央选举委员会。接着进行人口普查和选民登记。截至1953年6月底,全国人口为60 191万人。登记的选民为32 000万人,占18岁以上人口总数的97%以上。

周扬副部长在会上讲话,指出:齐白石先生是中国人民卓越的艺术家,他的艺术,继承了中国绘画的现实主义的传统,在中国美术创造上有特殊的贡献,美术工作者应该向齐白石先生的艺术和他的刻苦劳动的精神学习。最后,由齐白石先生的学生胡洁青代表他致谢词,表示他对人民政府和共产党以及中国人民的伟大领袖毛主席的衷心感谢。

1953年1月7日是我国著名画家齐白石93岁的生日。中华全国美术工作者协会、中央美术学院联合为他举行了庆祝会。会上,中央人民政府文化部授予他以荣誉奖状。

参加当天庆祝会的有当时的中央人民政府文化部副部长周扬,中华全国美术工作者协会主席、中央美术学院院长徐悲鸿,首都文化艺术界人士以

> 93岁的齐白石

★ *历史检索* ★

1953年5月15日　中苏两国政府在莫斯科签订《关于苏维埃社会主义共和国联盟政府援助中华人民共和国中央人民政府发展中国国民经济的决定》。苏联帮助中国新建和改建141项重大工程,提供总值30亿~35亿卢布的经济援助。这些工程是"一五"期间经济建设的骨干。

及齐白石的好友李济深、何香凝、邵力子、老舍、叶恭绰、欧阳予倩、郑振铎、田汉、洪深、陈半丁、溥雪斋、孙诵昭、汪蔼士、胡佩衡、俞平伯、江丰、蔡若虹、王朝闻、古元等200多人。李济深、徐悲鸿、老舍、田汉、叶恭绰等先后在会上讲话，对画家齐白石在艺术上的光辉成就和数十年如一日严肃刻苦地从事艺术工作的精神，一致予以极高的推崇。

> 徐悲鸿讲话

会上老舍回忆说，去年端午节，我给白石老人送去了一些粽子，老人十分高兴，笑着站起来说："我也送你几个粽子"。于是，就在展开的纸上，挥笔画了几个粽子，并加上了枇杷和樱桃。整个画面十分简洁、别致。老舍看后说：画粽子不容易，我从来也没有见过哪位画家画过粽子，但是，千百年来，人民喜欢粽子，他就细心观察，传神、精练地表现了它。还有一次，我用了一句"蛙声十里出山泉"的诗句，请他作画，为了这个题目老人两夜没有睡好觉。他想，画面上怎样能表现出蛙声呢？于是，他没有去画青蛙。而是在山泉里画了蝌蚪，让人们在自己的丰富的想象力中去听到蛙声。老舍的回忆博得了大家一片赞同声。

田汉则运用白石老人80岁时给美术学院学生的诗句"半如儿女半风云"来阐述白石的艺术风格，指出了他的画，有细如儿女之情，又有风云变幻

★ 历史检案 ★

1953年8月　卫生部、中国科学院、全国科联在北京联合举办巴甫洛夫学说学习会。同年9月26日举行纪念巴甫洛夫诞生104周年大会。随后在全国各主要城市的生理学、心理学和医学工作人员中开展学习巴甫洛夫学说的运动。

9月26日　著名画家、中央美术学院院长、全国美术工作者协会主席徐悲鸿在北京病逝。徐悲鸿(1895—1953)，中国现代画家、美术教育家。1949年当选为全国文联常务委员、中华全国美术工作者协会主席。9月被任命为中央美术学院院长。徐悲鸿一生致力美术教育，有自己的一套明确的、完整的美术教育主张。徐悲鸿亲自培养了一批有成就的美术家，如吴作人、艾中信、韦启美、侯一民、李天祥、靳尚谊、詹建俊等。他所建立起来的美术教育体系，在中国一直延续了半个多世纪，至今仍有强大的力量。

的气概。

　　会议中，周恩来总理来到会场，径直走到白石老人的身旁俯下身来，亲切地说："忠心地祝贺您93岁寿辰，祝您健康长寿！"老人异常兴奋，紧握着总理的手，连声说：谢谢！谢谢！太不敢当了。总理接着说：您是人民杰出的艺术家，您为人民，为我们的国家作出了非常大的贡献，人民永远不会忘记您的，您得到这份荣誉是当之无愧的。接着周总理询问了老人的身体状况、生活起居和艺术创作。一再请老人多休息，要是有什么困难党和政府一定给予妥善的解决。最后，齐白石起立致谢，并由他的学生代致答词，表示对人民政府、共产党和毛主席的衷心感谢。庆祝会上，展览了齐白石的作品40多幅。

　　生日过后不久，毛主席派人补送了一块湖南特产茶油寒菌、一对湖南胡开文笔铺特制长锋毫书画笔、一支东北野山参、一架鹿茸四件礼品，祝贺老人93岁寿辰。老人回赠了主席两幅画，一幅是《旭日老松白鹤图》，一幅是《祝融朝日图》。

> 李济深讲话

★ **历史检索** ★
1953年10月9日　中国文学艺术界联合会第二届全国委员会第一次会议选举郭沫若为主席。中国作家协会理事会选举茅盾为主席。其章程规定："中国作家协会是以自己的创作活动和批评活动积极地参加中国人民的革命斗争和建设事业的中国作家和批评家的自愿组织。"

新闻链接

周总理为齐老买"王府"

在新中国的艺术长廊里，齐白石终于获得了艺术的新生，他挥笔遨游，尽情地挥洒他的才情。由于他的名声越来越大，地位越来越高，来访的人也越来越多。1955年秋天，周恩来为了使齐白石老人能有一个舒适宁静的环境，能在茶余饭后悠然散步，颐养天年，又能使来访的客人不至于感到拥挤，便委托文化部和中国美术家协会在地安门雨儿胡同为老人买下了一所旧王府，花了几万元进行修缮，接老人去住，还为他配备了秘书、看护、传达、保姆等5人。白石老人一生从未受到这种隆重的礼遇。他怀着无限感激之情，几

> 首都的青年美术工作者向齐白石献寿礼

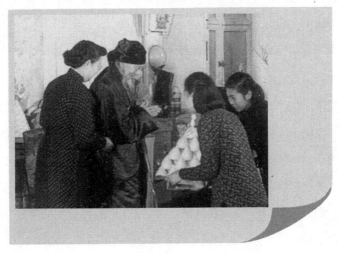

★ **历史检索** ★

1953年10月16日　中共中央作出《关于粮食的计划收购与计划供应的决定》，针对粮食供求紧张，私商大量参与粮食供销，中共中央决定对粮食实行统购统销。此后，逐步扩大到对其他农副产品也实行统购和派购。

> 齐白石画的山水

> 齐白石画的螃蟹

次对前来探望的朋友，感慨万分地说："我多么希望能活到 120 岁，多给人民贡献点薄艺，于心才安。"

住在宽敞、明亮的雨儿胡同住宅里，齐白石感到满意和欣慰，他不停地挥毫作画。可日子久了，一向喜欢和家人在一起的齐白石老人，不免有孤独的感觉。他又想搬回原住处，与家人一起欢度晚年。1956 年春天的一天，老人在家人陪同下来到中南海，将自己想搬回跨车胡同的想法告诉了总理，听到老人的话，周恩来非常体谅他的苦衷，随即答应说："我现在就送您去。"周恩来亲自搀扶着老人将他送上汽车，并陪着他回去。周恩来对齐白石老人说："您今天想回跨车胡同来，我就送您来；明日要想到雨儿胡同去，我再接您去，我不会怕麻烦的。"几句话使老人感动得老泪横流，永远铭记在心。

★ **历史检索** ★

1953 年 10 月 30 日　甘肃省西海固回族自治区人民政府成立。中国红十字会总会会长李德全宣布：自 1953 年 3 月至 10 月共有 7 批 66 026 名日侨回国。日侨分批回国宣告截止。《人民日报》公布中国人民志愿军英雄、模范和特等功臣名单。中国与民主德国科学技术合作协议，定在柏林签字。

齐老的乡土情结

齐白石生于湖南农人之家,在他的记忆里,自家院里的白菜豆荚;池塘里的小鱼小虾;山坡上吃草的牛群;田野上盛开的鲜花……这一切童年时的美好画面,使得以后无论他身在何处,都魂牵梦萦。他青年时学习木工手艺,也给他留下了色彩与造型不可磨灭的美的影响。

在齐白石大量的作品里,如《雏鸡小鱼图》、《墨芍药图》、《葫芦蝇虫图》、《老鼠葡萄图》、《鸡冠蚂蚱图》等,处处流露着童心、乡心与农人之心,他的乡土情结和他所缔造的童话般的乡间图景,照耀着一种大爱无言的光辉,洋溢着自然界勃勃生机,这种在返璞归真的童心基础上的大爱,才是齐白石的境界。他开创的"红花墨叶"派,不仅仅是一种形式,它负载着一种红黑对比的热烈的民间审美观念,更负载着他的乡心,是"客久必思"、"望白石家山难舍"的真实情感,把对乡土风物的真切的爱恋,对家园的一草一木的眷恋,把

> 齐白石等在看画

> 老舍等在看画

对童年的记忆和家乡的一切都作了画题、诗题，融入了他的绘画里。他的画雅俗共赏，无论是目不识丁的老农，还是文人雅士，都同样打动着他们的心灵，唤起他们心中的喜爱。齐白石对虾怀着一生美好的回忆，从50多岁开始画虾，孜孜不倦地探索创新，到80多岁以后，他画的虾，已达到炉火纯青的地步：精确的体态，富有弹力的透明体，在水中浮游的动势，把对虾的描绘臻于完美的境界。他对于虾腿、虾节的真实性的改进画法，是一种艺术的飞腾，一种超越，是比真实还美丽的璀璨。

1956年，上海科技电影制片厂要拍一部介绍荣宝斋木版水印艺术的科教片。齐白石成为本片唯一的"主角"，老人已93岁高龄，却精神矍铄，身着紫红色寿字长袍，手挂一把红色木质长尺，飘然若仙。有人对他手中的尺子感到疑惑，他严肃地拍了拍手中的尺子，回答道："我是木匠出身，什么时候也不能忘了本呀！"

这就是齐白石，一直保持淳朴的本色，直到生命的最后，也没忘记自己是一个"湘上老农"的一代大师的真实写照。

★ 历史检索 ★ ────────────────

1953年12月26日　鞍钢三大工程竣工投产，这是新中国第一座无缝钢管厂，是闻名全国的鞍钢"三大工程"之一。党和国家领导人毛泽东主席、周恩来总理、朱德委员长、中共中央书记处总书记邓小平等都对无缝钢管厂的建成，为祖国建设所作贡献给予高度评价。鞍钢大型轧钢厂、无缝钢管厂、七号炼铁炉竣工投产标志着中国以重工业为核心的大规模经济建设开始。

职员表

编导:吴 均	录音:孙 焰
编导:周 解	编导:陆继堃
编导:杜国炯	摄影:范厚勤
编导:张淑贞	摄影:张 杰
剪辑:马 义	摄影:韩健文
剪辑:米景让	摄影:石益民
剪辑:曹福舟	摄影:董 健
剪辑:李慧仙	摄影:石志雄
解说:李连生	摄影:周 凯
音乐编辑:张养浩	

祁门红茶

原片解说词

这里就是出产祁门红茶的安徽省祁门县。全县有茶园8.1万多亩。

"天下红茶数祁门"。祁门的红茶,不但一直受到国内人民的欢迎,而且现在还供应苏联和各新民主主义国家。一吨茶叶能换回十吨厚钢板,一百八十担茶叶能换回一部新式拖拉机或一部新式联合收割机。

拌春茶的季节又到了。采茶前,国家就已经用合理价格大力向茶农预购。

茶农已经开始组织起来。这是同心农业生产合作

祁門紅茶

安徽

攝影 范厚勤

> 片头

> 拿出烘干好的红茶成品

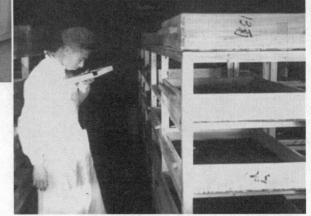

> 工人把揉好的茶叶送到发酵室发酵，并检查发酵好的红茶质量

社的社员正在采茶。

刘金花采茶比谁都多。一天能采嫩叶28斤。

社员们把茶叶及时送到中国茶叶公司安徽省公司新建的制茶厂。

制茶厂为了提高制茶质量，初步改进了制茶技术。

工人把萎凋好的茶叶倒入揉茶机。过去制茶都是手工业生产，用人工揉茶，现在使用揉茶机了。

工人把揉好的茶叶送到发酵室发酵，并检查发酵好的红茶质量。

发酵也采用了"室内自然发酵"的先进方法，有一定的温度和湿度。发酵出来的茶叶又红又香。

★ **历史检索** ★ ─────────────────

1954年1月4日　中共中央批准政务院财经委员会《关于1954年扩展公私合营工业计划会议的报告》和《关于有步骤地将10个工人以上的资本主义工业基本上改造为公私合营企业的意见》。决定用两个五年计划左右的时间，将10人以上私营工厂，基本纳入公私合营轨道，在条件成熟后，再改造为社会主义企业。

1月　人民出版社赵晓恩建议生产850毫米×1 168毫米规格的纸张。后来以这种新型规格的纸张生产的大32开本图书样式得到了广泛推广。

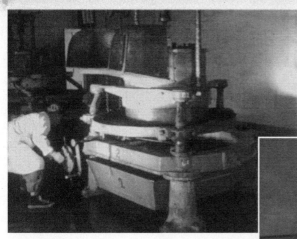

> 用揉茶机揉茶

> 工人把萎凋好的茶叶倒入揉茶机

　　有人说中国是一个茶的国度,从茶树诞生的第一天起,这个看似不起眼的植物就融入到了每个中国人的生活之中。而通过这些细小的嫩叶,中国人的精神世界得到了最完美的诠释与展现。而在这些争奇斗妍的茶的海洋中间,祁门红茶无疑是一朵独特而珍贵的奇葩。

　　祁门地区有着悠久的产茶历史,在唐代,这里就已经成为了重要的茶产地。那时安徽的休宁、祁门、歙县所产茶叶以浮梁为集散地,向全国销售。

★ 历史检索 ★

1954年4月11日　中华全国总工会号召开展劳动竞赛,此后,劳动竞赛成为国家和企业调动工人生产积极性的经常性活动。

5月18日~6月1日　第一届全国工业卫生会议在北京举行,确定"积极领导,稳步前进,依靠工人,贯彻预防为主"的工业卫生工作方针。

6月10~28日　全国第一次城市建设会议举行,确定城市建设与工业建设相适应的重点建设、稳步前进的方针。

著名诗人白居易的诗中就有"商人重利轻别离,前月浮梁买茶去"的诗句;而在唐人杨华所著的《膳夫经手录》中记有"歙州、婺州、祁门方茶制置精好,商贾所赏,数千里不绝于道路"等。足见祁门茶叶当时在全国茶叶界的地位与影响。

但是清光绪以前,祁门所产茶叶都是绿茶,制法与六安茶相仿,故曾有"安绿"之称。生活在这里的人世代饮用的也是绿茶。光绪年间,黟县人余干臣等由福建返回家乡,仿效福建红茶的制法,试制红茶成功,成为了祁门生产红茶的开端。在他的带动下,附近茶农也纷纷改制生产红茶,逐渐形成了祁门红茶的产区。

由于祁门地区海拔 600 米左右的山地面积占到了 90% 以上,再加上那里气候湿润、雨量充沛,早晚温差又很大,所有这些优越的自然条件为茶树的健康生长提供了非常适合的环境。

天地神工为祁门红茶的生长创造了良好的条件,也使得祁门红茶从一

> 社员把茶叶送到中国茶叶公司安徽省公司祁门茶厂

> 采茶特写

> 社员采茶

开始就具备了其他种类红茶所没有的高贵品质。祁门红茶以 8 月份采收的品质最为上乘，这时的茶叶叶柔嫩且内含水溶性物质丰富，而祁门红茶紧细匀整的外形，乌润的色泽更是为它赢得了"宝光"的美誉；祁门红茶中的上品"祁门香"内质清芳并带有蜜糖香味，人们在饮用时除了能体验到茶香外更会感受到一阵馥郁持久的兰花香，祁门红茶汤色红艳明亮，滋味甘鲜醇厚，叶底红亮。清饮最能品味祁门红茶的隽永香气，而添加鲜奶后的祁门红茶也不失其香醇的原味。

　　祁门红茶的采制工艺也非常精细、讲究。每次采摘必须要一芽的二三叶的芽叶作为原料，中间经过萎凋、揉捻、发酵等多道工序，使芽叶由绿色变成

★ 历史检索 ★ ─────────────────────────

1954 年 8 月 2 日 《人民日报》发表《动员起来，战胜洪水》的社论，指出今年是近几十年来气候变化特殊、雨量最多之年，江河淮汉水位之高为近百年所未有。

> 社员采茶

紫铜红色,香气透发之后,再用文火烘焙至干。红毛茶制成后,还必须进行精制,精制工序更加复杂,需要花很大的工夫,经过毛筛、抖筛、分筛、紧门、撩筛、切断、风选、拣剔、补火、清风、拼和,最后才能制作装箱。

　　正是因为祁门红茶集多种优点为一身,所以它一经问世,就以其优异的品质成为了世界红茶舞台上的后起之秀,人们将它与印度产"大吉岭"红茶和斯里兰卡的"乌伐"红茶一起誉为"世界三大高香名茶"。

★ 历史检索 ★ ────────────────────────────────

1954年10月31日　中国人民志愿军总部宣布,志愿军原司令员邓华已回国,杨得志任志愿军司令员。

> 茶园风光

　　由于饮用红茶在欧洲有着悠久的历史,所以当时的英国、法国、俄国、丹麦等国家都存在着巨大的红茶市场。这也为祁门红茶走向世界提供了巨大的空间与机遇。1875 年前后,在祁门红茶制茶界有着崇高声望的人士胡元龙借鉴了外省的红茶制法,将祁门红茶进行了改造,然后出口到欧美各国,从此祁门红茶正式迈出国门,成为了欧洲上流社会交际活动中不可缺少的媒介。

　　而当时最能代表祁门红茶这股风尚的是英国,红茶本身就是非常普及的饮品,而英国也是当时世界上饮用红茶最多的国家之一,喝下午茶在英国上流社会更是被视为一种高雅的社交活动。在当时,上流社会的人们在饮用

★ 历史检索 ★ ─────────────────────────────

1954 年 11 月 5 日　位于安徽霍山境内的佛子岭水库工程全部完工,该水库可蓄水 5 亿多立方米,灌溉农田 70 多万亩,发电 4 000 千瓦。第一次全国职工体育工作会议在北京举行,讨论通过《关于开展职工体育运动暂行办法纲要(草案)》。

下午茶点时，要仔细地品尝点心，悠闲地饮茶；而着装要求典雅入时，以体现自己的高贵身份，而当时祁门红茶更是被英国人视为下午茶中的极品，成为构成下午茶最为重要的一个元素。

凭借着所产红茶独有的特殊芳香，祁门红茶在国外被人们冠以"祁门香"、王子香"、"群芳最"等美誉。

在1915年的巴拿马—太平洋国际博览会上，祁门红茶一举获得了特等奖凭和金牌等多项荣誉。世界闻名的美国韦氏大辞典也将祁门红茶这一名词收录其中，足见祁门红茶在茶世界中的影响与地位之重。

一百多年过去了，今天的祁门红茶不仅走出了国门，而且早已走红了世界。而今天祁门百姓以茶待客的习俗，也由绿茶改为了红茶。人们闲暇相聚，谈古论今，海阔天空，往往一杯红茶就能伴着老人们度过一个惬意的午后。

> 安徽省祁门县茶山

祁门红茶的鼻祖——胡元龙

今天祁门红茶之所以能蜚声海内外，不仅仅是因为它的产地适宜茶树的生长，更与几代祁门红茶的种植者、经营者有着密不可分的关系。而胡元龙无疑是这些人当中最知名，也是最为重要的一个。

胡元龙（1836—1924），字仰儒，祁门南乡贵溪人。他博读书史，兼进武略，年方弱冠便以文武全才闻名乡里，被朝廷授予世袭把总一职。

但是胡元龙本人对功名看得很淡，却很重视实业。18 岁时他便辞弃把总的官职，在家乡贵溪村的李村坞筑起了 5 间土房，栽下 4 株桂树，名之曰"培桂山房"，在此垦山种茶。

清光绪以前，祁门不产红茶，只产安茶、青茶等，当时销路不畅。光绪元年（1875），胡元龙在培桂山房筹建日顺茶厂，用自产茶叶，请宁州师傅舒基立按宁红经验试制红茶。经过不断改进提高，到光绪 8 年（1883），终于制成色、香、味、形俱佳的上等红茶，胡云龙也因此成为祁红创始人之一。瓷土亦是祁门特产，同治 4 年（1865），胡元龙在祁东庄岭村，发现了"太和坑"瓷土矿，被定为御瓷专矿，祁门瓷土业因此得到大发展。

除了关心实业，胡元龙为人也非常正直，他急公好义，经常主持公道，济困扶危，威望很高。戊戌维新后，科举废止，但祁门山区风气闭塞，无人兴办学校。有着现代眼光的他大力倡导，邀聚南乡人士，于光绪 30 年（1904）在平

★ **历史检索** ★ ————————————————————

1954 年 12 月 25 日　康藏公路和青藏公路全线通车，康藏公路（现在的川藏公路）从原来的西康省会雅安到拉萨，全长 2 255 千米。青藏公路全长 2 100 千米，起点是青海省会西宁，终点是西藏的拉萨。公路的修通，使青海、西藏那种"艰险羊肠道，溜索独木桥"的落后交通方式成为历史，大大增进了西藏与内地的联系，促进了西藏人民经济、社会与文化的发展。

里创立梅南学校,开祁门办新学之先河。次年,办祁门县高等小学校,在他的影响之下,其他地方也陆续筹措成立学校。

贵溪村四境都是山地,胡元龙认为要改善群众生活,必须发展农业生产,开荒种地。当时荒山都被祠会占有,他打破封禁条规,集合村中百姓,宣传垦荒的益处,签订公约,并自己带头,垦山千余亩,种植茶叶、茶籽、毛竹、杉树,村人群起仿效,收入大增,生活改善。以后祁门各地也都援例开垦,造成自垦自产自得之风,促进了生产发展。

胡元龙曾对子孙说:"书可读,官不可做",并撰厅联一对曰:"做一等人忠臣孝子,为两件事读书耕田",可见其轻视功名、注重生产的思想,同时由于他在种植培育祁门红茶方面有过很大的贡献,所以后人都将他尊为"祁红鼻祖"。

职员表

编导:张 朴	摄影:舒世俊
编导:雷震霖	摄影:龙庆云
剪辑:马 义	摄影:林 景
解说:刘家燕	摄影:苏中义
音乐编辑:张养浩	摄影:石 磊
录音:李进臣	摄影:孔晶中
美工:耿俊哲	摄影:王德成

群众业余歌舞观摩演出

原片解说词

文化部、全国总工会和青年团中央等单位联合举办的群众业余音乐舞蹈观摩演出会在北京举行。

这里介绍的是学生部分的演出中的两个优秀节目。

拍手舞是北京市第八女子中学的少年们集体创作的舞蹈,它表现一个孩子最初由于自私,不愿把玩具拿给大家玩,反而自己感到孤独。后来受到了集体主义精神的教育,她拿出了心爱的玩具和大家一起玩,

群衆業餘音樂舞蹈觀摩演出

北 京

攝影 王德成

> 片头

> 合唱

> 观众鼓掌

大家就热情地欢迎她一起快乐地玩耍。

沈阳市学生的合唱放风筝，它歌唱春天来了，孩子们愉快地迎接新春。歌颂了祖国的美丽和人民的幸福生活。

凤阳花鼓发源地燃灯乡，曾是明朝开国皇帝朱元璋从小放牛的地方。百年的风云散尽，唯一不变的是那"咚咚咚锵"的花鼓小锣声，正是它给人们带来了很多的亲切与欢笑。早在建国初年，新中国就培养出第一代花鼓女，今天居住在县城东环外普通居民楼里的欧家林就是其中的一位。正是她的回忆把我们带回到了"群众业余音乐舞蹈观摩演出会"，带回到了群众艺术风行的 20 世纪 50 年代。

1955 年 6 月，年轻的欧家林来到了北京，参加了由当时的文化部、全国总工会、共青团中央、高等教育部、教育部联合主办的"群众业余音乐舞蹈观摩演出会"。演出共分为农村、学生、职工三个部分进行。共有汉、回、蒙古、朝鲜、黎、侗、壮、满等 8 个民族的演员参加了 201 个节目的演出,其中包括农民、民间艺人及专业文艺工作者共 356 人,学生 224 人,职工 223 人,总计800 多人。演出的节目包含了安徽的民间舞剧《刘海戏金蟾》、黑龙江的《小车舞》、浙江的《龙舞》、陕西的《素鼓》、吉林的《东北民间舞》、广西桂北的影调《王三打鸟》和《扁担舞》等各个地区的艺术表演,受到了人们的一致好评。

在这次演出中表现优异的凤阳花鼓队后来特别被邀请到中南海怀

> 大头舞群像

★ *历史检索* ★

1955 年 1 月 6 日~2 月 8 日　第二次全国计划会议举行。会议着重讨论三个问题,在集中主要力量建设重工业的同时,积极而可靠地增加农业生产,保持建设规模和国家财力的平衡,统筹安排农业、资本主义工商业和个体手工业的社会主义改造。

仁堂，为毛泽东、周恩来、朱德、董必武等党和国家领导人，演出了著名曲目"王三姐赶集"。回忆起当时的情景，已经步入老年的欧家林依然激动不已。

"我当时激动的呀，不知道说什么好，眼泪都出来了，感到他们比亲爹娘还亲。"周总理看完她们的精彩演出后，称赞凤阳花鼓为"东方芭蕾"。老人至今还保留了50多年前的"叉拉机"。她说，当时穿上统一的"列宁服"，心里有种说不出的高兴。足见那次演出会在她心目中占据着多么重要的地位。

"群众业余音乐舞蹈观摩演出会"在当时不是一个单独的文化现象，由于在新中国成立后，国家在最初制定文化工作方针时就提出了"文艺为人

> 大头舞出场

★历史检索★

1955年2月21日　国务院发布《关于发行新的人民币和收回现行的人民币的命令》，责成中国人民银行自阳历年3月1日起发行新的人民币(简称新币)，以收回现行的人民币(简称旧币)。

> 北京市第八女子中学表演拍手舞

民服务，为社会主义服务"、"百花齐放，百家争鸣"、"古为今用，洋为中用，推陈出新"等重要思想，为群众性的业余音乐活动的大规模发展创造了极为有利的条件。当时在基层厂矿、企业、部队、学校和广大农村，活跃着无数的歌咏队、业余乐队，和以音乐、歌舞、戏剧表演为主的业余剧团、文工队、宣传队以及乌兰牧骑等，开展着多种形式的音乐活动。而各种传统的民间音乐活动，特别是各少数民族地区富于特色的民间风俗性音乐歌舞活动，也得到扶植和发展。分布在基层的群众艺术馆和文化馆、站以及其他各种群众性文艺机构，对推动和组织这些活动也起着重要作用。

★ 历史检索 ★

1955年4月11日　文化部、文联、剧场联合举办"梅兰芳、周信芳舞台生活五十周年纪念会"。由文化部部长沈雁冰授予梅兰芳、周信芳荣誉奖状。

5月19日　农业部、粮食部、商业部和全国供销合作社总社联合发布《关于加强粮食、棉花、油料作物优良品种繁育推广工作的指示》。

5月20日　中共中央批准文化部党组《关于加强对于私营文化事业和企业的领导、管理和改造的请示报告》。报告决定争取在1955年将宗教出版社以外的私营出版社基本上整顿和改造完毕。1949年后荣宝斋、商务印书馆、中华书局等300多家出版社先后实行公私合营，1957年后又全部改为国营出版社。私营印刷厂和私营书店也被国营印刷厂和新华书店所取代。

7月30日　《中华人民共和国兵役法》颁布。该法的核心是改志愿兵役制为义务兵役制。同年还实行了军衔制、薪金制。1978年3月改行义务兵与志愿兵相结合的制度。1984年5月31日颁布第二部兵役法，规定实行以义务兵役制为主体的义务兵与志愿兵相结合、民兵与预备役相结合的兵役制度。

> 观摩演出会场内景

　　如火如荼的群众性艺术活动需要得到展示的机会，正是在这种情况下，各级文化机关举办了多次全国性的和地区性的群众业余音乐会演和民间音乐会演，而"群众业余音乐舞蹈观摩演出会"只是当时众多此类音乐会演中较为有名的一个。同时代较为大型的会演还有全国性的民间音乐舞蹈会演，以及1964年举行的全国少数民族业余艺术观摩演出等。

　　在这些会演和演出中涌现出新中国一大批优秀的民间歌手、乐手和演唱演奏人才。同时使得像凤阳花鼓这样的传统剧种被很好地保留下来。

　　但是在"文革"中，群众性音乐活动受到了严重的破坏。很多从会演中走出来的音乐人才遭到了迫害。而一些传统戏剧更是被看成"四旧"，从此束之

★ **历史检索** ★ ─────────────────────────

1955年8月25日　国务院公布《市镇粮食定量供应暂行办法》。由于工业化建设速度快和城镇人口激增，导致粮食需求增加，供销缺口增大。国家实行市镇粮食定量供应加以限制，这种限制供应逐步扩大到棉、油、布匹及副食品等其他生活必需品。20世纪80年代以后逐步放开。
8月25日　国务院公布《市镇粮食定量供应暂行办法》和《农村粮食统购统销暂行办法》。按照这些办法，全国各地凭粮票购买粮食以及对农村实行粮食定产、定购、定销的政策。
8月31日　国务院公布《关于国家机关工作人员全部实行工资制和改行货币工资制的命令》。国务院发布《中国科学院科学奖金暂行条例》和《中国科学院研究生暂行条例》。

高阁,任其自生自灭。

1976年"文革"结束后,各类民俗音乐和群众性业余舞蹈重新在节日活动中开展起来,而一些传统的民间音乐舞蹈也得到了一定的恢复和发展。

1978年改革开放后,政治体制的改革推动了中国群众艺术活动的开展。很多民间音乐会、少数民族音乐会重新召开,并再次引起了社会和国人的关注。

而在小小的凤阳县,人们的文化艺术生活也发生了翻天覆地的变化。2005年,凤阳县专门成立了凤阳花鼓保护工作领导小组。一些机关、企业和乡镇也纷纷成立了凤阳花鼓艺术表演队伍,邀请当地群众和离退休的老干部来参加表演。今天的民间花鼓演出团体已经发展到30个,现在他们长年在全国各地演出,宣传自己的花鼓文化。同年的7月14日和22日,他们编排的"花鼓声声迎奥运"两次赴京,参加北京奥组委举办的"迎奥运文化艺术节",引起巨大的轰动。

感受着这些可喜变化的欧家林欣慰地说:"现在,我看着孩子们用过去的讨饭工具,宣传和谐新农村、好人好事、科技致富、勤劳贤惠、孝敬公婆,张张笑脸迎朝阳,真为他们高兴。"从她朴实而真诚的话里,我们也仿佛看到了群众艺术活动的明天与希望。

★ 历史检索 ★

1955年9月2日　中共中央批转商业部、全国供销合作总社党组《关于加强城市、工矿区副食品供应工作的报告》。提出对食用油类采取计划供应,肉类、食糖实行控制供应。

10月1日　首都举行盛大阅兵式和群众游行庆祝建国6周年,毛泽东主席出席检阅。中国人民银行为适应国家建设需要,降低存放款利率。全国邮电局从即日起实行长途电话预约办法和长途电话夜间减价办法。

10月15~23日　全国文字改革会议在北京举行,参加会议的有来自全国28个省、市、自治区和中央一级有关机关、人民团体和部队的代表207人。"我列席参加了这次会议,会议开了9天,会议代表讨论并一致通过了《汉字简化方案修正草案》和《第一批异体字整理表草案》。并确定推广以北京语音为标准音的普通话的决议。"这次会议是中国历史上第一次全面地讨论文字改革问题的会议,标志着新中国文字改革工作研究准备阶段的完成并进入了全面实施的阶段。

新闻链接

　　20 世纪五六十年代是中国群众音乐会演风行的年代，在那个全民参与文艺演出的时期，除了我们这里介绍的"群众业余音乐舞蹈观摩演出会"外，1964 年 11～12 月在北京举行的"全国少数民族群众业余艺术观摩演出会"也是当时轰动一时的一次全国性的文艺会演。

　　这次会演是继大型音乐舞蹈史诗《东方红》公演之后，又一次大型的文化活动，当时来自中国各地的 50 多个民族和 700 多位群众业余活动的积极分子，共演出 260 个节目。

　　其中的部分节目有：内蒙古的蒙古族舞蹈《革命女民兵》、《安代舞》，金海青演唱《学习龙梅和玉荣》、数来宝《牧马英雄》；宁夏的回族花儿《幸福歌儿唱不完》；广西的壮族歌舞《春插》、韦秀民独唱《唱支山歌给党听》、表演唱《新风赞》、仫佬族女声二部唱《红花永远迎着春天开》；贵州的黎族歌舞《盘歌》；新疆的哈萨克族民间诗人包尔玛斯弹唱《金色的著作》、柯尔克孜的考本孜弹唱《我们的牧场》、由多个民族表演的新疆歌舞《庆丰收》；云南的独龙族、白族、黎族撒尼人、佤族、哈尼族爱尼人、傣族、景颇族、纳西族、怒族、拉祜族等少数民族的女声小合唱《请到我们的山区来》，彝族撒尼歌舞《喜送公粮》；福建的畲族表演唱《难为迎亲伯》；吉林的朝鲜族舞蹈《顶水抗旱》、歌舞《读报组老人们》；四川的羌族陈维金保演唱《我把歌儿唱起来》、高山族解贺独唱《解放我可爱的家乡》、藏族阿呷演唱《毛主席的思想放红光》；海南岛的黎族表演唱《五指山上捉飞贼》；青海的藏族舞蹈《三个女民兵》；湖南的瑶族歌舞《汽车开到荆竹寨》；西藏的藏族表演唱《好得很》、藏戏片段《送公粮》、

★ **历史检索** ★

1955 年 11 月 15 日　《人民日报》发表社论：《作者、艺术家们，到农村去》，要求文艺工作者深入农村，反映农村合作化运动。在文联和各协会的组织安排下，大批作家和艺术家去了农村。

雍西独唱《在北京的金山上》、门巴族措姆演唱《在祖国的大家庭里》、藏族歌舞《喜庆农牧双丰收》；甘肃的回族花儿《贫下中农硬骨头》；辽宁的满族朱淑琴独唱《人民公社架金桥》；黑龙江的赫哲族歌舞《水上民歌》；以及蒙古族、藏族、土家族、羌族、苗族、拉祜族、东乡族、彝族、白族、傣族、景颇族、达翰尔族、维吾尔族、鄂温克族、鄂伦春族、回族、保安族、佤族等各民族表演的团结联欢舞。

这些歌舞歌颂了中国共产党和毛主席，表达了当时各民族建设社会主义祖国的豪情壮志，反映了新中国各族人民大团结的时代旋律。

★ *历史检索* ★ ————————————————————————

1955年11月28日~12月9日　中华全国供销合作社、商业部和农业部在京联合召开第一次全国蔬菜会议。召开这样全国性会议来解决大中城市和工矿区居民的吃菜问题，在中国历史上还是第一次。会议规定了蔬菜生产合作化和菜商的社会主义改造的工作原则，安排了蔬菜的生产、供应和销售。

12月20日　中国文字改革委员会和文化部联名发布《第一批异体字整理表》(自1956年2月1日起实施)的通知。

12月21日　毛泽东为中共中央起草了《征询对农业十七条的意见》的通知，把"农业十七条"的内容发给上海局、各省委、自治区党委征求意见。

45

职员表

编导:王 伟	摄影:李则翔
解说:刘家燕	摄影:高振宗
音乐编辑:张养浩	摄影:任福堂
录音:薛慎行	摄影:范厚勤
摄影:薛鹏翚	摄影:程 默

防治血吸虫病

原片解说词

血吸虫病是一种非常严重的地方性疾病，这种病流行在我国长江流域的多水地区，江苏省无锡市为专门防治血吸虫病而设立了这座血吸虫病防治所，在这里医治的病人大多数是农民。

这种病的症状是贫血，肚子膨胀，影响发育，人们都认为得了这种病就不能治好。现在事实证明得了这种病是可以治好的，这位农民居秀兰已经治好了血吸

> 片头

> 46

> 埋钉螺

虫病,就要回家参加生产了。

血吸虫病防治组的医务人员为常熟县农民进行皮内反应注射,这样便于及时发现患者,早日得到治疗。

在国民党反动派统治时期,对血吸虫病长期不防治,使这种病已蔓延到12个省,患者有1000万人,解放后党和国家政府采取了有效的措施,进行治疗和预防。在河岸边和苇塘边,都喷上药水消灭钉螺,因为血吸虫的卵遇到水就变成带毛的小虫,这种小虫就钻到钉螺体内发育繁殖,所以消灭钉螺也是预防血吸虫病的一种方法。

江苏省人民在当地卫生机关的领导下,已经积极地动员起来了,他们都有决心争取7年之内彻底消灭血吸虫病。

★ **历史检索** ★ ─────────────────

1956年1月　对私营表演团体开始实行社会主义改造。据《戏剧报》消息,上海69个民间职业剧团改为国营剧团,26个民间职业剧团改为民办公助剧团。天津市15个民间职业剧团和9个小型曲艺组织,全部改为国营剧团。

绿水青山枉自多，华佗无奈小虫何！

千村薜荔人遗矢，万户萧疏鬼唱歌。

坐地日行八万里，巡天遥看一千河。

牛郎欲问瘟神事，一样悲欢逐逝波。

春风杨柳万千条，六亿神州尽舜尧。

红雨随心翻作浪，青山着意化为桥。

天连五岭银锄落，地动三河铁臂摇。

借问瘟君欲何往？纸船明烛照天烧。

> 挑土把钉螺埋起来

★ **历史检索** ★ ————————————————

1956年1月1日　人民日报发表题为《为全面地提早完成和超额完成五年计划而奋斗》的社论，指出：我国第一个五年计划和在1953年所规定的过渡时期总任务都将被提早完成。社论预言：随着农业合作化运动的突飞猛进的发展，只要到1956年秋天，我国就可以在全国范围内基本上实现半社会主义性质的农业合作化，并且在那时以后的不多几年，基本上实现全社会主义性质的农业合作化。首次提出"又多、又快、又好、又省"的社会主义建设方针。

> 在池塘内喷药水杀钉螺

相信很多在 20 世纪五六十年代生活过的人对这脍炙人口的两首七言诗都不会感到陌生，而这两首诗之所以为人们所熟知，绝不仅仅因为它是毛主席的诗作，更为深厚的原因是这两首诗记录了当年关系中国国计民生，关系中国卫生事业上的一个重要事件——大规模消灭血吸虫运动。

血吸虫病是人畜共患的一种寄生虫病。患此病者血吸虫在人体内产卵，随粪便排出，在水中孵化为毛蚴，然后侵入钉螺体内，借用钉螺发育繁殖为尾蚴，成活后进入水中。一般人只要接触有尾蚴的水即侵入体内导致发病。

血吸虫病在中国流行的历史非常久远，早在晋隋以来的医学文献中就有类似血吸虫病的记载。在 20 世纪 70 年代先后在湖南长沙马王堆和湖北江陵凤凰山出土的一男一女两具古尸，不仅为文物界提供了研究对象，同时在医学界也引起了重视，因为在这两具尸体中都分别查出血吸虫卵，这也进一步说明了至少在 2 100 年前血吸虫病就在我国长江中、下游开始流行了。

新中国成立前，一部分热心中国医疗事业的专家学者对血吸虫病的流行情况也曾作过一些调查，但是已经深陷内战泥潭的国民党政府已经无力再采取任何防治措施了。

1949 年，解放军在渡江作战和水上练兵中大批战士感染了血吸虫病，引起当时有关方面的高度重视，人民政府开始着手防治工作。

★ 历史检索 ★

1956 年 1 月 20 日　毛泽东在中共中央召开的关于知识分子问题的会议闭幕式上讲话，号召中共全党努力学习科学知识，同党外知识分子团结一致，为迅速赶上世界科学先进水平而奋斗。会上周恩来作《关于知识分子问题》的报告，宣布知识分子中间的绝大多数已经是工人阶级的一部分。

1 月 20 日　中央召开知识分子问题会议。中国文字改革委员会主任吴玉章在会上作了关于文字改革的发言。接着毛泽东主席讲话，在讲话中，表明了他放弃汉语拼音采用民族形式自创字母的主张，而转回到了他曾经赞成过的采用拉丁字母的态度。

> 血吸虫病防治组的医务人员为常熟县农民进行皮内反映注射

据当时的初步调查发现，长江中下游各省血吸虫病流行极为严重。而血吸虫病所造成的危害也十分严重。一旦感染，儿童会影响发育，甚至成为侏儒。妇女多会不生育。青壮年感染此病影响劳动，到了晚期，腹大如鼓，丧失劳动力以致死亡。可怕的血吸虫病使得许多农村人烟稀少、田园荒芜，甚至出现了不少"寡妇村"、无人村。可以说，血吸虫病是一种危害人民生产、生活、生育、生长、生命的严重疾病。

血吸虫病的分布是如此广泛，破坏性又如此之大，最终震动了当时的党中央领导核心，震动了毛主席。1953年沈钧儒先生在太湖疗养，发现这里血吸虫病流行猖獗，他于9月16日写信向毛主席反映。毛主席极为关注，9月27日即复信指出："血吸虫病危害甚大，必须着重防治"，并将来信转给当时的政务院文教委员会同志负责处理。

1956年，随着广大农村土地改革的完成，农业合作化的发展，消灭血吸虫病已成为保障人民健康、发展生产、促进社会主义建设的紧迫任务。

在这一年的最高国务会议讨论《1956—1967年全国农业发展纲要（草

★ **历史检索** ★

1956年1月27日　中央《关于文字改革工作问题的指示》，批转了1955年11月23日中国文字改革委员会党组和教育部党组《关于全国文字改革会议的情况和目前文字改革工作的请示报告》。《指示》所批准的文字改革方针是："汉字必须改革，汉字改革要走世界文字共同的拼音方向，而在实现拼音化以前，必须简化汉字，以利目前的应用，同时积极进行拼音化的各项工作。"这个方针是按照毛主席的指示规定的，包括文字改革的目标和步骤。目标是拼音化方向，步骤是首先简化汉字，同时进行拼音化的准备工作。准备工作主要有两项，一是推广普通话，一是制定汉语拼音方案。

案》时,毛主席特别就消灭血吸虫病在会上作了重要讲话,并号召"全党动员,全民动员,消灭血吸虫病"的战斗号召。

而《全国农业发展纲要(草案)》的公布和毛主席的号召也就此成为了全国向血吸虫病开战的动员令。一时间,南方各个省份都投入到了这场消灭血吸虫的运动中。

令人意想不到的是最先体现运动成效的却是当时医疗技术较为落后的江西省余江县,当时的余江县是血吸虫病流行区,有 6 000 多患者,钉螺面积有 972 000 余平方米,近几十年死于血吸虫病的有 3 000 多人,有些村庄几百户只剩下了几十户、十几户。1956 年春传达毛主席消灭血吸虫病的号召后,结合实施农业发展纲要,余江县县委紧急动员,制定"半年准备、一年战斗、半年扫尾"消灭血吸虫病的规划,县委第一书记亲自指挥,广大群众踊跃参加,掀起了消灭血吸虫病热潮,开新沟、填旧沟,开新塘、填旧塘;消灭钉螺修建新的良田。6 000 多病人也全部治愈,经过两年苦战,消灭了血吸虫病,

> 大夫给一患儿诊断

★ 历史检索 ★

1956 年 1 月 28 日　国务院全体会议第 23 次会议通过了《关于公布〈汉字简化方案〉的决议》。1 月 31 日《人民日报》全文发表了国务院的《关于公布〈汉字简化方案〉的决议》和《汉字简化方案》。法定的简化字在现今中国大陆地区取得了"正体字"的地位。

疫区发生了根本变化,出现了劳力增强、产量提高、六畜兴旺、欣欣向荣的新气象。

当1958年6月的《人民日报》报道了余江县消灭血吸虫病的消息后,一直关心支持防治血吸虫病的毛主席思绪万千,夜不能寐,欣然下笔写下了我们在本文开始看到的题为《送瘟神》的这两首诗篇。

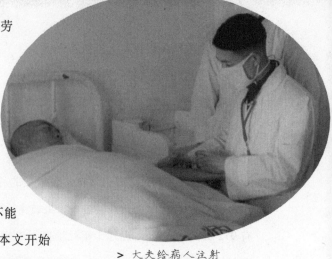
> 大夫给病人注射

在同一时期有计划、有组织、大规模防治血吸虫病的群众运动,也在各个疫区蓬勃开展起来,并都取得了一些成绩。

中国五六十年代防治血吸虫病的努力取得了有目共睹的成绩,而消灭血吸虫病运动也与消灭四害运动,消灭性病、疟疾、天花、白喉、肺结核传染病等公共医疗卫生运动一起载入了新中国卫生事业发展的光辉历史之中。

新闻链接

医疗卫生工作中的群众运动

五六十年代消灭血吸虫病运动包含着那个时代中国卫生事业发展独有

★ *历史检索* ★

1956年1月30日　教育部发布《关于评奖扫除文盲优秀教师、优秀工作者、优秀学员、先进单位的暂行办法》、《颁发识字证书及业余小学、业余中学毕业证书暂行办法》。2月9日,《光明日报》发表《把扫除文盲运动推向高潮》的社论,提出:广泛动员一切社会力量,大规模地开展扫除文盲运动。于是,扫盲运动的第二次高潮轰轰烈烈地开展起来了。

的特征——大规模地发动群众进行卫生事业建设。

对于通过革命战争取得政权的中国共产党人来说，理所当然地认为只有发动群众依靠群众才能取得更大的胜利。正是基于这种认识，大规模的群众运动被自然而然地应用到公共卫生事业的发展中。同时当时的国情也决定了要迅速地改变中国大多数人的卫生面貌，没有群众的全力参与是不可能实现的。正是在五六十年代全民参与卫生运动的过程中，人们增加了卫生知识，同时更进一步认识了他们自己的健康问题，改变平时的不卫生的习惯，从而更好地保护了自己的健康。

在五六十年代中国的发展时期，"自力更生"是新中国国家建设的一个显著主题。而在建设公共卫生事业中发起的群众运动，同样被贯彻了"自力更生"政策。

在当时，人们广泛参与到"爱国卫生运动"中，而这些卫生战役通常都是全国范围的。最深入的运动通常是在当时工农业生产间隙期间展开。在上至中央、各省市，下至各县区、公社以及小队都成立了爱国卫生运动委员会。

在运动期间，各种信息传播手段(如报纸、收音机、小册子、墙报、漫画、讲演、小组讨论、戏剧、街道宣传、展览等)都用来鼓动人们参与到简单的公共卫生行动中，从清扫街道到消灭血吸虫卫生运动，只要涉及公共卫生的防治，几乎是无所不包。

而这些运动的重点大都在于预防疾病，大致包括了预防注射、环境卫生、消灭传播疾病的昆虫等方面。

★ *历史检索* ★

1956 年 1 月 31 日 《人民日报》发表了国务院的《决议》和《汉字简化方案》。这个简化方案最突出的特点是采用社会上长期广泛流行的、约定俗成的简化汉字，所以推行起来比较顺利。

北京动物园

原片解说词

北京西郊动物园,有飞禽走兽 200 多种,有长臂猿、金丝猴等。虎山上的老虎在跑、洗澡。有熊猫在爬山,两只熊猫在玩耍。

北京動物園
The Peking zoo

2004 年春季,围绕着北京动物园是否搬迁的话题,一场大讨论在北京市的各个阶层展开,上至北京市发改委、著名公务专家,下至普通市民、民间的环保人士都被卷入其中。一时

> 片头

> 两只熊猫在玩耍

间,历经百年风雨的西郊动物园再次成为了舆论的焦点,各种各样的目光也都向它投来。但是这座有着悠久历史的园林却并没有显示出任何惊慌,见证了太多的荣耀与兴衰,今天的北京动物园更多的是一份难得的平静与从容,仿佛是一位老人在慢慢地叙述自己的往事一样。

北京动物园位于今北京市海淀区西直门外大街,明代始建园,是当时的皇家庄园,清初改为皇亲、勋臣傅恒三子福康安贝子的私人园邸,俗称三贝子花园。东部叫乐善园,西部叫可园。

清朝光绪三十二年(1906)在原乐善园、继园(又称"三贝子花园")和广

★ **历史检索** ★ ────────────────────

1956年2月8日　国务院第二十四次全体会议通过《关于在公私合营企业中推行定息办法的规定》、《关于私营企业在合营时财产清理估价几项主要问题的规定》和《关于目前私营工商业和手工业的社会主义改造中若干事项的规定》。公私合营企业推行定息办法,对私营工商业者的生产资料实际赎买。核定私役,年息五厘。定息从1956年支付,原定7年,后又延长3年。国家每年支付定息约1.2亿元,领取定息的私股股东约114万人。

> 两只熊猫在玩耍

善寺、惠安寺旧址上，由清农工商部领衔建立了农事试验场。动物园从此改变了自己皇家园林的身份，成为中国农业近代化的一个基地。当时的农事试验场占地面积约 71 公顷，对各类农作物分为五大宗进行实验，即谷麦实验、蚕桑实验、蔬菜实验、果木实验和花卉实验。

而当时在农事实验场附近设立的动物园是中国历史上最早的近代公共动物园，它于 1908 年首次售票开放。

北京动物园最初的展品是南洋大臣兼两江总督端方自德国购回的部分动物及全国各地抚督送献清朝政府的动物，有数十种百余只。由于农事试验场位于西直门外，交通便捷，又是中国历史上第一个集动物、植物科学普及

★ *历史检索* ★

1956 年 2 月 11 日　第一届全国人民代表大会第五次会议正式批准《汉语拼音方案》，并通过了《全国人民代表大会关于汉语拼音方案的决议》。酝酿已久的《汉语拼音方案》终于诞生了！
2 月 22 日　中国聋哑人福利会在北京成立。它是在周恩来总理关怀下成立的。其宗旨是协助政府联系广大聋哑人群众，为聋哑人福利服务。中国人民救济总会秘书长伍云甫为主任委员，副主任委员林士笑、余益庵(重听)、吴燕生、马志远、陈驰(聋人)，后来增补洪雪立(聋人)，吴燕生兼总干事。

为一体的、带有公园性质的农事试验场，因此，开业伊始，人气就非常旺盛。

辛亥革命后清政府倒台，农事试验场几易其名，从"中央农事试验场"到"国立北平天然博物院"，再到"实业总署园艺试验场"，直至"北平市园艺试验场"。

由于军阀混战，民生凋敝，农事试验场大部分动物都因为种种原因而夭折，抗日战争时期，仅有的一头亚洲象饿死，园中猛兽如狮、虎、豹等在抗日战争末期的1943年以防空的理由被日军下令毒杀。1945年抗日战争结束时，农事试验场被日军占据作为守备仓库，国民政府接收后又被作为防空部队临时营房而长期占用，1946年重新开放时动物园一片衰败，已经不复当年胜景了。当时仅有猴子10只，鹅、兔子、鸽子各2只，火鸡、鸵鸟、孔雀、鹰、葵花鹦鹉、白鹦鹉、桃红鹦鹉各1只。而到1949年北京解放前园内仅仅剩下13只猕猴和1只鸸鹋。一时间，动物园和这些可怜的动物们仿佛都走到了历史

> 两只熊猫在玩耍

★ 历史检索 ★

1956年2月22日~5月4日　全国第一次基本建设会议在北京举行。会议拟定《关于加强新工业区和新工业城市建设工作几个问题的决定》《关于加强和发展建筑工业的决定》《关于加强设计工作的决定》。5月8日，经国务院常务会议批准下达。

> 老虎

的尽头。

　　1949年2月，随着古都的解放，北京动物园也迎来了新生。当时的北京市人民政府接管了动物园后，将其更名为"北平市农林实验场"。考虑到农事试验场的条件已经不适应进行农桑实验，经过整修、改造和绿化，于同年9月1日定名为"西郊公园"。

　　1950年3月1日，西郊公园正式开放。为准备开放西郊公园，西郊公园管理处将园内的围墙、牡丹亭、幽风堂、动物园兽舍等加以修缮，并整修了鸟笼、鹿棚、猴山和甬路，增添一些小型动物，购入了黄雀、交嘴雀、金翅、太平鸟、燕雀、火鸡、鹰、灰鹤、大雁等鸟类，及鹿、狼、鼠、豹等兽类。中华人民共和国国家领导人毛泽东、周恩来、朱德等还将赠送的亚洲象、猞猁、长臂猿、黑熊、大耳羊、麋鹿、印度犀牛等珍贵动物转送给西郊公园饲养展出。此外，西

★ **历史检索** ★ ────────────────

1956年3月1～11日　陕西、甘肃、山西、内蒙、河南五省(自治区)青年造林大会在延安举行。会议通过绿化黄土高原和全面开展水土保持工作的决议。仅1956年，全国就有1.2亿青少年参加了植树造林活动，组织了数以万计的青年造林突击队，先后开展了绿化长江、绿化黄河、绿化长城、绿化西北黄土高原活动，筑起了东北、西北和内蒙古防护林带，东起府谷西至定边的陕北防沙林带，绿化了成千上万的荒山、荒滩、荒沟等。

郊公园管理处还从国外采购和交换动物,这些工作扩充了西郊公园的动物种类及数量,为后来北京动物园的正式成立奠定了坚实的基础。

1955年4月1日,西郊公园正式改名为"北京动物园",由时任中国科学院院长的著名学者郭沫若题写园名。北京动物园从此开始了它新的生命历程。

此后的1956~1975年的20年间,北京动物园获得了长足的发展,这期间园内先后兴建了象房、狮虎山、狝猴馆、猩猩馆、海兽馆、两栖爬行动物馆

> 老虎

>>

★ *历史检索* ★

1956年3月15日 针对当时我国广大地区特别是乡村和边远地区,由于新中国成立前教育事业的不发达所导致的文盲非常多的现象,在北京成立了全国扫除文盲协会。它是一个在国务院领导下指导和组织全国扫盲运动的组织。主要任务是:协助政府广泛动员和组织社会各阶层的力量,开展扫盲运动,按照国家计划如期完成扫盲任务。各省、市、自治区分别设有扫盲协会或筹备组织。部分县、乡也有扫盲协会。该会在扫除文盲的活动中发挥了重要作用。全国扫除文盲协会在北京成立,隶属国务院。该会指导和组织全国扫除文盲运动。首任会长陈毅、副会长吴玉章、林枫、张奚若、胡耀邦、董纯才。

> 老虎

等场馆,其中狮虎山、猩猩馆、两栖爬行馆等场馆使用至今,并成为北京动物园的标志性建筑。

这个时期北京动物园曾先后饲养展出过毛冠鹿、秘鲁企鹅、西里伯斯水牛、华南虎、北美麝牛、亚洲象、日本鬣羚、智利火烈鸟、美洲河狸、白犀、豚鹿、暹罗鳄、中美貘、加勒比海牛、白唇鹿、阿拉伯狒狒、山魈、黑犀、象龟、绿狒、大羚羊、土豚等各国领导人赠送中国的礼品动物,以及北京动物园从国外征集采购和交换来的珍稀动物。

除了接受和饲养外交礼品动物,北京动物园还向国外提供了很多中国特有的珍贵动物,作为国际交流的礼品赠送出国,为中华人民共和国在20世纪70年代打开外交局面作出了独特的贡献。

★ *历史检索* ★ ───────────────

1956年4月1日　世界科协第十六届执行理事会在北京举行,世界科协副主席李四光及世界科协区域领事华罗庚等参加会议。会议就核武器带来的危险发表特别声明。中共中央和国务院联合发出《关于勤俭办社的指示》。

> **60**

> 长臂猿

　　20 世纪 80 年代中国改革开放之后，北京动物园迅速发展，先后兴建了非洲象馆、雉鸡苑、中型猛兽馆、鹿苑、豺狐兽舍、袋鼠兽舍、箭猪豚鼠兽舍、鹤类繁殖岛、火烈鸟馆、朱鹮馆、夜行动物馆、热带鱼馆、热带小型猴类馆、大猩猩馆、大熊猫馆、金丝猴馆、黑颈鹤繁殖兽舍、狼山兽舍、长颈鹿馆扩建兽舍、大熊猫繁殖兽舍、小熊猫繁殖兽舍、鹤类繁殖兽舍、大熊猫馆等新兽舍场馆，其中为 1990 年亚运会配套工程的新大熊猫馆还获评当年度的北京新十大建筑，成为北京动物园的标志性建筑之一。

　　今天的北京市动物园共饲养着各类野生动物 490 余种，近 5 000 头（只），是中国最大的动物园之一，同时也已经成为了一所世界知名的动物园。随着最终不再搬迁政策的落实，具有社会公益性质，以向市民普及科学知识，提高市民爱护环境、保护动物的意识为己任的北京动物园必将迎来一个更美好的明天。

新闻链接

早于"乒乓外交"十多年的秘密往事——"熊猫外交"

据最近外交部最新解密的第二批档案显示,早在 20 世纪 50 年代,中国与西方关系尚未打开时,中美之间的"熊猫外交"就已经开始,而这要早于"乒乓外交"十多年。

早在 1956~1957 年,美国佛罗里达州迈阿密稀有鸟类饲养场和美国芝加哥动物园都分别先后两次致信北京动物园,希望"以货币或动物交换中国一对大熊猫"。

据北京园林局 1956 年的文件披露,北京动物园当时只有 3 只雌熊猫,其中 2 只已经预定送给苏联。更重要的是,时值美国为首的西方国家对中国实行经济封锁和政治压迫,此时中国答应美方的要求,几乎不可能。但中国外交部出于增进中美人民友好交流的考虑,数度斟酌后,通知对方,"原则上可以交换",但需要"双方互派人员到对方动物园访问并领取交换的动物"。坚持直接交换而不通过第三方,是中方当时的唯一要求。

尽管美国动物园求之若渴,但美国国务院仍"不同意直接与中国进行动物交换",大熊猫最终没能在当时突破国家关系的藩篱走出去。

除了美国,当时英国、荷兰等也向中国提出了类似的要求。1959 年,联邦德国哈诺佛州动物园园长克洛斯·缪勒多次来信,甚至提出了希望亲自来华捕捉 2 只活熊猫和 3 只活羚羊并以外汇购买。但中方以"皆属稀有的珍贵动物且不易捕捉"等理由婉拒。

1972 年,随着中美关系解冻,大熊猫玲玲和兴兴赠送美国,这是 1949 年以后,大熊猫第一次被送到西方国家。

时任外交部美澳司美国处处长、亲身参与尼克松访华中方筹备工作的丁原洪回忆往事说:"玲玲和兴兴被送到美国,那可是熊猫外交史上最轰动的一件大事。"周恩来总理在招待尼克松的一个宴会上,把熊猫牌香烟递给尼克松夫人,问她:"喜欢吗?"尼克松夫人说:"不吸烟。"周总理就指着烟盒上的熊猫图说:"喜欢这个吗?你们把两头麝香牛送给中国人民,北京动物园也送两只大熊猫给美国人民。"尼克松夫人一听,惊喜地对尼克松叫道:"天哪!你听到吗?大熊猫!总理要送大熊猫给我们!"

从此更多的由北京动物园饲养的国宝熊猫走出了国门,为新中国的外交突围作出了不可磨灭的贡献。

★历史检索★

1956 年 4 月 28 日　毛泽东提出"百花齐放、百家争鸣"。

职员表

编导:肖树琴	剪辑:叶文虎
摄影:王喜茂	解说:刘家燕
摄影:程志明	音乐编辑:张养浩
摄影:吴剑恒	录音:李进臣
摄影:李德润	

娃娃的家

原片解说词

玩具是儿童认识现实的工具,但是,有很多做父母的还不能认识到玩具对儿童,就像报刊物对成年人一样。

> 片头

这是"娃娃的家"。像这类的玩具,可以帮助孩子们知道家庭现实生活的情形。做父母后,应该多给孩子一些好的玩具。

每个人都有自己的童年,而玩具是我们的童年中不可缺少

> 儿童们看玩具

的组成部分,是它们陪伴着我们走过了自己的童年岁月,即使今天我们已经长大,但在我们的记忆深处总会为我们这些年幼时的朋友与伴侣保留着一个位置,一片净土。

正如我们这一代拥有自己的变形金刚、芭比娃娃一样,曾在过往岁月中生活过的我们的父辈也曾经有过他们爱不释手的玩具,也曾经历过天真无瑕、自由自在的童年岁月。

那时的玩具不像今天这样多种多样,五十年代初,中国的玩具工业还只是一片空白,生产水平很低,不论是在工艺、选题到制作都不能完全满足儿童的需要。所以那个时候民间玩具在儿童中特别流行,不仅种类繁多,还能玩出很多花样。当时的男孩子最喜爱玩抽汉奸(陀螺)游戏,它多为木质、半锥形,用一根带有布条的木棍使劲抽打,陀螺会转动,并且呈现出五彩颜色。

★ 历史检索 ★ ————————————————

1956年5月 话剧《桃花扇》的演出,在话剧界引发了关于“话剧民族化”问题的讨论和探索。
5月3日 北京中医医院建立,并正式开诊。该院是以原北京市立第五医院为基础,吸收了北京市个体行医和联合诊所部分名中医而建成的。

> 两个洋娃娃

再有一个是滚铁环,玩的人可以边走边玩,铁环会发出响声,大家相互比较谁发出的声音大,以表现自己的男子汉气魄。而跳皮筋、拽包、扔羊拐,则是女孩偏爱的游戏。尤其是扔羊拐在当时还被视为玩具中的极品,不会玩的女孩很容易让别人看不起。

五十年代中期,中国的玩具业得到了进一步的发展,但是由于当时的玩具价格都比较贵,所以一般只有城市里收入比较高的人家才买得起,那时候如果从商店里买一件布娃娃或一辆木制的玩具车,就要被看成是高消费了。那个时代的玩具主要是孩子们自己动手做成的,正因为如此,有时候做好的玩具要是丢失了或是破损了,有的孩子就会伤心地哭上一天。那时的家长却始终认为,玩具从来就是自己制作的,不需要花钱去购买,所以当时的玩具市场也不是非常景气。

20世纪60年代,中国的轻工业发展带动了玩具业,制造商也开始在玩具上融入更多的现代技术,开始使用电池,磁铁、声控和光控技术。而一些新的玩具品种也借此开始亮相,如机械动物、带有小哨的塑料小动物、小人物、

★ 历史检索 ★

1956年5月5日　新华社讯,淮河中游史河上游的梅山拦河大坝建成。梅山水库是汾淮工程之一。坝身全长558米,坝高84米,最大坝高88.24米。这是当时世界上最大的连拱坝。

塑料气体模型、万花筒、积木等,这些玩具迅速走入了孩子们的生活,很多孩子第一次从商店里带走了他们心爱的玩具。

进入 70 年代,中国的玩具工业并没有进一步发展,因为众所周知的政治原因,中国玩具业向前的步伐缓慢下来,这时中国人口已经突破了 10 亿,按照现在的观念,玩具工业是一个大的市场,是一个有前途的工业,但在那个重视大工业、轻视轻工业的年代,玩具工业只是一个陪衬,不能登大雅之堂。

除了孩子们以往的玩具外,当时的玩具商店又多了一些如军棋、跳棋、扑克牌、仿真木质枪等成人玩具。而在计划经济的条件下,商品供应依靠票证限量供应,这就造成了很多比较珍贵的商品转变成了民间玩具,以当时的烟画(香烟包装盒)为例,由于烟草工业不发达,带过滤嘴香烟十分少见,要凭票才能供应,限制了人们的购买力,这些烟画就成了稀罕之物,带过滤嘴

> 洋娃娃的家庭

★ 历史检索 ★ ────────────

1956 年 5 月 17 日　浙江省苏昆剧团赴京演出昆剧《十五贯》,毛泽东、周恩来等人观看了演出,并给予了极高评价。周总理说:"《十五贯》有着丰富的人民性、相当高的思想性和艺术性,它不仅使古典的昆曲艺术放出新的光彩,而且说明了历史剧同样可以很好地起现实的教育作用,使人们更加重视民族艺术的优良传统,为进一步贯彻执行'百花齐放、推陈出新'的方针,树立了良好榜样。"5 月 18 日,《人民日报》发表题为《从"一出戏救活了一个剧种"谈起》的社论。

的烟画是众多烟画中的王中王，它们中有礼花牌、中华牌、牡丹牌和少量的外国牌，于是在少年儿童中间兴起的拍烟画的游戏中，烟画成为主角。

这些烟画被叠成三角形或长方形，带过滤嘴的最大，分为大无敌和小无敌，大无敌最有可能获得先拍权，将所有烟画叠在一起用力在地上摔，再用手掌于烟画周围用力一拍，翻过来的烟画归自己。这种游戏能吸引无数少年围观，赢的人被视为"英雄"。当时很多北京男孩子最大的梦想就是有一天参加北京各条胡同的拍烟画大赛，赢遍所有的参赛者，成为中国的"烟画大王"。烟画也就此成为很多孩子生活中唯一的乐趣，直到今天很多在那个年代生活过的中年人还保留着这些"战利品"，而他们总说每当看见这些烟画就仿佛回到了自己的童年。

今天的玩具业在中国已经成了一大产业，据中国玩具协会最新的调查显示，进入80年代以来，在国内城乡居民的消费支出中，玩具平均消费已经约占年消费的5%，而随着玩具向高档化、智能化和系列化的发展，其比例还将加快增长。统计表明，在近13亿的国内人口中，以三口之家为一个组合，

> 儿童们看玩具

> 陈列着的小狗熊

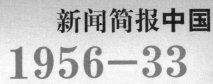

1956—33

> 儿童们看玩具

> 小洋娃娃

每个家庭以每年至少支出一元购买一件玩具计算,玩具年消费将高达 40 亿元人民币,这是一个相当可观的数字。

尽管目前国内玩具总支出数额难以同食品、服装等类消费品的支出相提并论,然而这种消费势头却一直未能减弱,可以肯定,在本世纪内,玩具消费将成为国内各类消费一支不可忽视的力量。同时,内地居民消费也将因为玩具市场范围扩大、功能拓展及消费群体变化和壮大,将逐渐从季节性、节日性的特定销售状态中挣脱出来。

随着玩具业的不断发展,越来越多的全新种类、全新载体的玩具也是层出不穷,令人眼花缭乱,很多古老的玩具渐渐消失了,走入了历史的长河,但有一种东西是不会消失的,这就是孩子们对玩具的喜爱与眷恋。

新闻链接

中国近现代意义上的玩具产生得比较晚,但是代表着中国传统玩具的

> 高尔基的话

"泥人玩具"却拥有悠久的历史。

泥玩具在中国民间久负盛名。今天的河南省浚县东杨玘屯被人们称为"泥玩具之乡"。全村700余户,家家精于泥塑手艺。据传,泥玩具最早始于隋末,距今已有1 200多年历史。浚县的泥玩具种类很多,传统制品有人物、动物两大类。人物造型多取于历史人物或戏剧人物,如瓦岗英雄程咬金、秦琼,《白蛇传》中的白素贞、小青、许仙等,《西游记》中的唐僧、悟空、八戒、沙僧等;动物有鸪鸪、牛、马、鸡、燕,还有娃娃抱鱼、抱荷花等。其做工细腻精致,构思精巧,形象逼真,栩栩如生,富有浓厚的乡土气息和时代特色。

新中国成立后,浚县泥玩具受到艺术界的重视,1982年,河南省群艺馆征集浚县泥塑作品3 000余件,1983年河南《豫苑》杂志第一期刊载37幅浚县泥玩具彩色照片。

同年,河南电视台录制了《浚县泥玩具》专题片。中国美术馆、中央美术学院先后收藏泥玩具作品1 000余件。中国《美术》杂志对这一工艺品作了专题介绍。

1985年8月25日,浚县文化馆干部张希和(人称泥猴张)作为"泥玩具之乡"的代表,随河南省经济贸易代表团出访美国堪萨斯州哈钦森市,受到美国各界友好人士及侨胞的欢迎。

★ 历史检索 ★

1956年5月19日　夏鼐主持试掘明代神宗朱翊钧陵墓。该墓又称定陵,定陵是万历帝朱翊钧与孝端、孝靖两后妃的3人合葬陵寝。1959年10月被辟为"定陵博物馆"。

职员表

编导:段 洪	摄影:庄 唯
编导:杜国炯	摄影:舒世俊
编导:李定远	摄影:陈锦倜
编导:姜紫芬	摄影:盛玉增
剪辑:王 诚	摄影:王奎家
解说:刘家燕	摄影:徐 彬
音乐编辑:赵宪庭	摄影:孔令铎
录音:刘德仁	

边疆的电影

原片解说词

在祖国西南边疆的喜马拉雅山里，电影放映队的同志们经常翻山越岭把新的影片带给这里的观众，亚东仁青岗的藏族老乡每次都这样热情地迎接他们。

除了影片以外，他们还带来了很多书和画报。

边疆的人民可以从这些影片中看到各族人民丰富多彩的生活，他们不由得从心眼里感谢这些不辞劳苦的放映队员们。

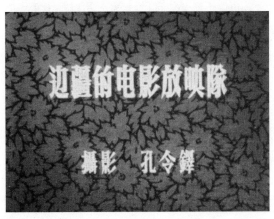

> 片头

> 群众们在看放映机

　　"在打谷场或空旷地带上栽两根柱子把银幕挂上,生产队的大人小孩都围上来问长问短,像办喜事一样热闹:'什么片子?可是打仗的?'如果回答是的,他们就会哈哈地笑成一团。队里早就安排专人烧饭。通常是杀只鸡、炒个花生米,再弄些自留地种的蔬菜,买上二斤酒,队里凡是队委会的干部都参加吃饭,一大桌子人,那真叫'为人三升米,家吃二升半'。我们把收音机连接到喇叭上放上革命歌曲就去吃饭了。晚饭后,场地早坐满了人,大人小孩都很自觉地排序,小凳子在前,大凳子在后,还有少数人没有位子,干脆在银幕背面看。"

　　这是一个老放映员的回忆,相信不光是他自己,许多经历过那个年代的人对这样的场景都不会陌生。

　　作为20世纪诞生的新的艺术形式——电影,在五六十年代的美国和欧

★ 历史检索 ★

1956年6月1日　文化部召开第一次全国戏剧剧目工作会议,这次会议是对新中国成立以来实施的戏剧政策进行检讨与修正的具有转折性的事件。张庚在这次会议上的主题发言《打破清规戒律,端正衡量戏曲剧目的标准》,更是从一个全新的角度,提出了"破除清规戒律,扩大和丰富传统戏曲上演剧目"的重要观点,为戏曲政策提供了新的基调,它也因此成为当代中国戏剧理论发展进程中一个重要的、关键性的转折点。

洲已经是家喻户晓了，而电影对于这些社会的影响也是广泛而深刻的。但是对于同一时代的中国这种情况却是完全不同的。从 1908 年外国商人在上海建起第一家电影院到 1948 年的 40 年间，全国只有 596 家电影院。客观地说当时具有最大影响力的电影，对这时的中国广大农民阶层而言，还是相当陌生的。新中国成立前，全中国的电影观众一年最多不会超过 2 000 万人次，当时对大多数国人来说，电影还保留着它陌生甚至是有些神秘的面纱。

新中国成立后，中国电影走上了模仿苏联电影的管理体制的道路，建立起了一个从管理、生产到经营的配套完整的高度集中的电影事业体制，电影

> 一女孩子在看胶片

★ *历史检索* ★ —————————————————————————

1956 年 6 月 1 日　国务院批准北京电影学校改制为北京电影学院，任命电影事业管理局局长王阑西兼院长，章泯为第一副院长，钟敬之、吴印咸、卢梦为副院长，卢梦兼党总支部书记。建院后，校址设在新街口外大街的小西天。建院后，专业学系设置为电影导演系、电影演员系、电影摄影系和放映师范专修科。同时参加了全国统一招生。三个本科系(四年制)还要进行专业考试(含初试和复试)，招收了 86 名学生。他们正是新中国电影队伍中的第一批本科大学生。放映师范专修科招收了 29 名大专科学生。

> 放映队员把胶片给群众看

放映作为这种体制中的一环,也必然带有这种特点。当时的电影局专门设立了电影放映管理处,各省、市、自治区文化管理部门也相应地成立类似的各级机构。在全国形成了以行政化机制为依据和功能目标,市场效应和市场运行作为辅助手段的从中央到地方垂直管理的政企合一的电影发行体制,而在农村这种体制最直观的体现就是农村放映队。据统计,从 20 世纪 50 年代新中国培养的第一批 600 个流动放映队开始,到"文革"结束前,全国范围的农村流动放映队多达 5 万个之多。多种多样的、活跃在中国各地的流动放映队也成为了那个时代中国的一道风景线。

那时的农村放映员工作是非常受人们尊敬的一项工作,但同时他们的条件也是非常艰苦的。很多准备放映的影片拷贝都是从地方上的电影院拿来,在物质生活极度匮乏的年代,由于电影本身的生产质量就非常有限,所

★ **历史检索** ★

1956 年 6 月 1 日　中央气象局从本日起公布全国各地每天的天气情况。上海至大连西海港正式开航。中国第一条儿童铁路——哈尔滨儿童铁路举行通车典礼。中国儿童剧院在北京成立。

以每次只能提供一两部故事片、一部纪录片或科教片，而放映员要在农村放映十天半月才能再去调换。那些旧拷贝胶片质量又不大好，因为已经放映过多次，所以断头、滑孔的很多。拿回来首先就要倒片检查，断的接上，齿孔坏的要剪掉再接，不然放映时抓片抓不上胶片，灯泡温度又特别高，停留时间过长就造成烧片。

正是有了这些农村放映员的辛勤工作，使那个时代的农村电影放映成为中国电影最广泛的宣传平台。许许多多的电影也正是通过这个渠道为更多的国人，特别是农村和边疆少数民族的人们所逐渐熟悉。

20世纪七八十年代后，由于社会经济体制的变化，传媒手段日益丰富起来，相应的传播手段也日益呈现多元化的趋势，电脑、电视甚至手机这些新时代的传媒工具逐渐占据了大众文化的主流，经历了世纪洗礼的电影工业面临着全新的革命，而这样的环境也给电影放映工作带来了全新的机遇与

>>

> 群众在看画报

★历史检索★————————————————

1956年6月16日　国务院第三十二次全体会议通过《国务院关于工资改革的决定》。决定适当提高工资水平，对企业、事业和国家机关的工资制度，进行进一步改革，一律从1956年4月1日起实行新的工资标准。确定1956年企业、事业和国家机关职工的平均工资提高14.5%。

挑战,由于体制的改变,很多农村放映队逐渐消失在历史之中,电影更多地集中在电影院放映。但是面对着城市中人们开始越来越疏远电影而依赖电视,身处广大农村和边疆的人们却很少有机会看到电影的现实,新时期的农村放映队又重新回到了农村和边疆的广大天地中间。

随着国家"2131"工程的实施,活跃在广大农村的电影放映队重新为农民带去了精神食粮,也带去了发家致富的科技信息。而电影放映队的重现,不仅为建设社会主义新农村作出了贡献,也为中国电影本身的发行与放映带来了新的转机,也提供了一种新的可能。

新闻链接

一位战士亲身经历过的电影放映队

电影放映队不仅给当年看过露天电影的人很深的记忆,也给那些参加过农村放映工作的放映员留下了不灭的痕迹,这里我们引用一位曾从事过这项

> 放映队给老乡们带来了很多书和画报

> 放映队与当地人民互献哈达

工作的战士的记叙,希望能多多少少地唤起人们一些对那个时代的记忆:

1972 年年末,一师四团改编为独立二营,原团部报道组撤销,我被安排在电影放映队,让我在放映电影的同时,继续做一些报道工作。因此,我对放映队有了一些了解。

放映队成立于 1969 年年末与 1970 年年初,隶属于政治处宣传股。主要任务是为连队流动放映电影,使用的是 8 毫米的放映机;我到放映队时使用的是两部 16 毫米的放映机。因为当时电不行,放映队还要自带发电机,保证放映所需的电压和频率。

由于那个年代生活单调,电影成了知识青年们日常文化生活的主要内容,非常受欢迎。我们每到一个连队,就会有热情的战友主动帮助抬箱子、挂银幕。电影放映前,就会有很多人早早坐好等在那里。记得在营部放映《卖花姑娘》,因为片子是临时串来的,大家从天黑一直等到后半夜两点多,看完电影,东方已经露出鱼肚白了。各连只要知道来了新影片,都想先睹为快。因此，放映队也成了连队的香饽饽，车接车送，尽量给放映员做点好吃的，有的连队放完电影还特别给做点夜宵。

放电影在当时是一项责任较大的工作。一方面，在那个年代，这叫政治工作；另一方面，那么多人在那儿等着，干不好影响也大。我第一次单独放映就给戴上了眼罩。那次是在营部。刚拿来一部新片，别的放映员都出去了，家里只剩下我和一部旧机器，那部机器还不知道是否好使，而郭营长一定要我试试。结果，大家都来了，银幕也架好了，机器却不转，弄得我满头大汗，大家也悻悻而散了。

放映员的工作很辛苦。因为是流动放映，我们每个月平均有 20 来天在连队吃住。放完电影都九十点钟了，常常不能回团部休息，只好住在连队，今天钻这个被窝，明天又钻那个被窝。记得有一次我们是在开江前到的东山，放完一圈后就开江了，只好又到师部取了两部影片。最后从一连往回走，觉得天很热，一算时间，已经是"6.18"了，这时我还穿着棉裤，感到身上发痒，才发觉是长了虱子。回想当时真是很苦。

当然也有快乐。虽然放映员在团里的地位不高，因为受欢迎，所以就有一种自豪感。因为到处流动，接触的人多，朋友也多。看到大家为看到一场好电影而高兴时，我们也为此感到了满足。

★ *历史检索* ★ ─────────────────────

1956 年 6 月 28 日　长春第一汽车制造厂建立，是新中国汽车行业的摇篮，是我国第一个五年计划期间苏联援建的重要建设项目之一，投资总额为 6.5 亿元。由毛泽东主席亲笔题写厂名。7月 13 日，长春第一汽车制造厂试制成功第一批国产载重汽车，毛泽东主席把这种汽车命名为"解放"牌。10 月 15 日正式移交生产，年产载重汽车 3 万辆。

职员表

摄影：舒世俊

摄影：童国平

摄影：徐志强

摄影：石　磊

摄影：孔令铎

摄影：李　良

摄影：韩浩然

烤　鸭

原片解说词

北京鸭是200多年前人工培育的一种优良家禽，主要供给人们作肉食。这是北京西郊农场饲养的北京鸭。

> 片头

鸭子发育到一定的时候，就要用人工填食的方法，使它长得更肥，脂肪更多。

有名的烤鸭，就是北京鸭在特设的炉灶里烤成的。

烤鸭专家田文宽有20年烤鸭经验，他曾经到苏联和民主德国传授烤鸭技术。

> 全家吃烤鸭

外焦内嫩的烤鸭是中国特有的一种食品,也是人们很喜爱的一种美味。

2008 年奥运会期间,恰逢前门大街整修后重新开街,已有百年历史的餐饮老店全聚德前门起源店也重新焕发了光彩,迎来了大批中外食客,每天都要接待两三千人以上。很多包厢经常要提前几周预订,而散座也是难求,要预约的话,必须提前 10 天。

透过晶莹剔透的玻璃幕墙,挂炉中炭火闪烁,烤鸭诱人的香味一点点在空气中流淌,"不到长城非好汉,不吃烤鸭真遗憾。"这一中外宾客的共识又

★历史检索★

1956 年 7 月 6 日　中国第一座用电子自动控制的高温高压热电厂——吉林热电厂的第一台锅炉和透平发电机正式移交生产。

7 月 28 日　国务院公布《关于对私营工商业、手工业、私营运输业的社会主义改造中若干问题的指示》。要求对没有参加定股定息的公私合营商店和合作商店的小商贩,应在自愿原则下,逐步地、分行分业地组成分散经营、各负盈亏的合作小组。

一次得到了实实在在的印证。而全聚德的烤鸭也与长城、故宫一起成为了京城文化的一种象征，在你品尝着这外焦里嫩的鸭肉时，你也已经在不知不觉间融入北京，融入了北京悠久的历史氛围中。

"全聚德"原本叫做"德聚全"，原本是一个位于前门大街卖干鲜果品的小店铺，但生意江河日下，最终倒闭了。

清同治三年(1864)，一位早先经营生鸡生鸭的河北冀县小贩杨全仁将此店铺盘了下来，开始经营烤鸭和烤炉肉生意。据传，在店面开业前，一位风水先生围着新店转了两圈后站定说："这是块风水宝地，前程不可限量，只是此店以前甚为倒运，要想冲其晦气，除非将'德聚全'的旧字号倒过来，称作'全聚德'，新字号才能上坦途。"杨全仁一听正合心意，一来自己名字中占有

> 两个小孩在吃烤鸭

★ **历史检索** ★

1956年7月31日　中国和苏联混合登山队登上新疆海拔7 546米的慕士塔格峰。海拔7 546米的慕士塔格山，位于中图新疆维吾尔自治区境内，由于它气势雄伟，冰雪亘古不消，当地人民称它为"冰山之父"。慕士塔格山比欧洲最高峰——厄尔布鲁士峰还要高出1 900多米。

> 烤好的鸭子上桌

一个"全"字，二来"聚德"意为聚拢德行，可以标榜店铺做买卖讲德行。于是，闻名中外的老字号"全聚德"由此得名了。

当时最流行的烤鸭制作方法是焖炉烤，以今天米市胡同的便宜坊买卖最为兴隆，每天的焖炉烤鸭供不应求。杨全仁想在制作工艺上另辟蹊径，便尝试着用烤小猪的方法烤鸭子。经过他同伙计的多次试验，最终烤炉烤鸭成功了，而且其色香味都不次于焖炉烤鸭，同时更有一股烤制的独特风味。全聚德当时是不卖主食的，吃饭的客人来，要吃主食，只能叫本店的小徒弟在隔壁小饭铺买烙饼吃；想吃炒菜，要从当时的肉市正阳楼、天福堂、抄手胡同的鸿庆楼叫。就这样经过十几年的经营，到了宣统和民国年间，全聚德已经发展成北京有名的大饭馆之一了。

全聚德的生意，在杨全仁的精心经营下，一天天在发展。杨全仁精明能干，他深知要想生意兴隆，就得靠好堂头、好厨师、好掌柜，要在饭店的菜品方面出新出奇，开辟自己的饮食"蓝海"，这时他又把眼光重新投到了烤鸭工艺的革新上。当时他时常到多如繁星的各类烤鸭铺子里去转悠，探查烤鸭的秘密，寻访烤鸭的高手。当他得知金华馆内有一位姓孙的老师傅，曾在清宫御膳房包哈里任差，专管烤猪烤鸭。后来离开宫苑，在金华馆掌炉，仍为清宫服务。全聚德开业后，杨全仁几经工作，终于说服了孙老师傅，在重金礼聘下

★ 历史检索 ★

1956年8月1日　国务院召集全国公私合营工业社会主义改造座谈会。确定全面检查和解决生产改组、生产经营、职工生活、公私共事、企业管理等问题。第八届国际植物检疫及植物保护会议在北京举行。12个国家的代表团参加。

> 田文宽在烤鸭子

来到全聚德。因孙老师傅掌握清宫挂炉烤鸭的全部技术，深知烤鸭其中的门道与秘诀，便将全聚德的烤炉改为挂炉。挂炉炉身高大，炉膛深广，一炉可以烤出十几只鸭子，节省了烤鸭的时间，满足了食客的要求。

他烤制的技术也十分高超。他的烤鸭技术博采众家之长，那根六尺多长的烤鸭杆，在他用来，得心应手。一只只肥鸭被烤鸭杆挑起，如飞一般地飘过火苗，钻进炉膛，稳稳当当地挂在炉梁之上。烤熟一炉鸭子，冬天40分钟，夏天25分钟。烤出的鸭子呈枣红色，外皮像绸布一样光洁漂亮，吃起来皮脆、肉嫩、香酥、细腻。而且他的挂炉还有一个很大的优点，就是可以一面烤，一面向里面续鸭。这样就进一步加快烤鸭的速度，节省燃料，也就更加减少客

★ 历史检索 ★

1956年8月10～25日　中国科学院和高等教育部共同主持的遗传学座谈会在青岛召开。科学院、高教部、教育部、农业部、林业部等系统的遗传学、植物学、动物学、昆虫学、植物生理学、微生物学、胚胎学、生物化学等各方面的生物学家43人出席，另有70余人列席。生物学地学部副主任童第周主持座谈会。中共中央宣传部科学处处长于光远在会上对"百家争鸣"的政策作了解释，他说：苏联李森科问题，从党的工作方法的角度来看，是个教训。过去强加给摩尔根遗传学的各种政治帽子应全部摘掉。座谈会按六个专题，即遗传的物质基础、遗传与环境的关系、遗传与个体发育、遗传与系统发育、遗传学研究工作、遗传学教学工作，共讨论14次。会上，两派学者陈述自己的学术观点，展开争论。几年来遭受批判、被迫停止讲授和研究工作的摩尔根学派的遗传学家，第一次得以在座谈会上畅所欲言，发表自己的学术观点。李森科派的遗传学家在阐述自己的学术观点的同时，也批判了李森科的某些错误。会后，科研、教育和出版部门，分别作出规定，改变过去支持一派、压制一派的做法。被迫停止讲授的摩尔根学派的课程和科学研究工作逐渐开展起来。这一次遗传学座谈会对学术界贯彻"百家争鸣"方针也起了推动作用。

人等候的时间。因为旧时管烤鸭厨师称为"烤炉的",所以后来孙老师傅便成了全聚德"烤炉的"祖师爷。

杨全仁在积极聘用餐饮人才的同时,也不断围绕着制作鸭子这一主题开发出新的鸭子系列菜品,扩大自己的经营范围,提高了全聚德的竞争力,进一步奠定了全聚德在京城餐饮文化的龙头地位。这其中最有代表性的当属全聚德自主开发的全鸭席,全鸭席一般10人就餐,可上两只烤鸭为主菜。另外,配卤鸭什件、白糖鸭片、拌鸭掌、酱鸭膀等四个凉菜下酒;油爆鸭心、烩四宝、炸鸭肝、炒鸭肠等四道炒菜;最后有一道鸭架汤。

全鸭席发展到今天,一共有100多种冷热菜肴。著名的冷菜有:五香鸭、香糟鸭、芥末拌鸭掌、酱鸭膀、卤鸭胗、盐水鸭肝、茅台鸭卷、水晶鸭舌、鸭丝拌粉皮等。著名的炒菜有:清炸胗肝、芝麻鸭肝、糟溜鸭三白、火燎鸭心、葱爆鸭心、酱爆鸭丁、青椒鸭肠、芫爆鸭胰等。著名的烩菜和汤菜有:烩鸭四宝、烩鸭舌、烩全鸭、糟烩鸭条豆苗、烩鸭丁腐皮、茉莉竹笋鸭舌汤、鸭骨奶汤等。著名的大菜有:飞燕穿星、鸭包鱼翅、鸭茸银耳、白扒三珍、鸭茸鲍鱼盒、清蒸炉鸭、珠联鸭脯、北京鸭卷、芙蓉梅花鸭舌、玻璃花鸭膀等。还有别具一格的著

> 田文宽在烤鸭子

> 填鸭

名面点，如鸭子酥、雪花鸭蛋酥、口蘑鸭丁包、鸭丝春卷、全鸭四喜饺、鸭四宝烧卖、盘丝鸭油饼等，极大地丰富了全聚德的餐饮主题。

"七七"事变后由于时局动荡，全聚德的生意中落。新中国成立后，全聚德很快恢复发展起来。于1950年，在北京西单开分店，后改为鸿宾楼。1959年，又在王府井开分店。1964年，前门外肉市的总店进行扩建，在原老店的前街即前外大街路东，建了宽敞明亮的新店堂，并在新老店堂间架起一座天桥，使新老店堂连在一起。1979年，又在和平门建成了北京全聚德烤鸭店。

今天的全聚德人秉承了当年立店时首任掌柜杨全仁勇于开创、不断创新的精神，在餐饮业竞争日趋激烈的情况下，在保有全聚德烤鸭传统工艺的基础上，与时俱进，通过积极开发新的菜品，借打"奥运牌"，为全聚德融入更多的时尚元素。同时经过与营养专家通力合作，使得制作工艺更加先进卫生，用料更加合理，营养也更加均衡，突出营养健康的特色，得到了国内外宾客的高度评价，为全聚德进一步打开世界市场、打造全球的中国传统餐饮文化奠定了坚实的基础；也使我们更加相信这家百年老店必将在不远的未来创造出更大的辉煌。

新闻链接

"精益求精"——全聚德的食材选用

烤鸭是全聚德的主要经营品种,从选鸭、填喂、宰杀,到烧烤,都是一丝不苟的。全聚德选的北京填鸭讲究养不足百天,体重在2 500克以上,才能宰杀。鸭子宰杀褪毛后,在鸭子的右膀下挖个小洞,从这个小洞,伸进二指,把鸭子的内脏取出,然后用净水把鸭子里外洗净,用嘴把鸭皮吹鼓,用一节秫秸插进鸭尾里,再从鸭膀下的洞灌入清水,用丝线将洞口缝上。一切停当后,才将鸭子挂在钩上入炉烤。这样,外烤、内煮,鸭子烤好出炉,外皮呈油黄,吃进口中,鸭肉鲜嫩,肉肥而不腻,味美香甜,使人常吃不厌。

餐桌上的中国"外交大使"

"不到长城非好汉,不吃烤鸭真遗憾。"很多访华的国宾也知道这句口头禅。国宾们品尝了北京烤鸭,感受到京味饮食文化,很高兴。对我们礼宾人员

> 饲养员在给鸭子喂水

来说，有了北京烤鸭，似乎才能达到最完美的待客境界。北京全聚德烤鸭店的烤鸭全席，全席大小共 32 个盘和碟。新中国成立后，北京烤鸭的声誉与日俱增，更加闻名于世界。周总理生前十分欣赏和关注这一名菜。据资料记载，他曾 29 次到北京全聚德烤鸭店视察工作，宴请外宾，品尝烤鸭。有一次，周恩来总理在全聚德烤鸭店宴请外宾时，见到外宾用圆圆的荷叶饼卷丁香叶形的鸭肉片总感到不便。随后，他建议将荷叶饼烙成椭圆形，烤鸭肉片成长条形，店里把周总理的建议推出后，很受外宾欢迎。

国宾喜爱北京烤鸭的故事很多，据笔者所闻：土耳其前总统埃夫伦于 1982 年 12 月对中国进行国事访问。访华期间，在北京品尝到烤鸭名菜，赞不绝口。1984 年 3 月，李先念主席回访土耳其，埃夫伦总统向客人谈起当年在北京品尝烤鸭的情景，难以忘怀。李主席当即表示愿赠送一些北京种鸭给土耳其朋友。不久，10 只北京种鸭搭乘中国民航班机在土耳其安塔利亚水产研究所安家落户。北京种鸭苗壮成长，很快在土耳其各地繁衍生息。后来，埃夫伦总统在百忙中还关心和推介北京鸭。有一次，他特邀中国驻土耳其大使馆厨师到总统府当场表演烤鸭烹调手艺，以烤鸭全席招待各界政要。北京烤鸭一时传为佳话。

全聚德烤鸭也就此突破了意识形态与文化的差异，成为推广中国文化的"民间大使"。

★ 历史检索 ★

1956 年 8 月 24 日　中国医学科学院在北京成立，是我国唯一的国家级综合性医学科学研究机构。沈其震任院长。翌年 7 月将中国协和医学院并入。黄家驷任院长。

职员表

编导:邓葆宸	摄影:陈锦倜
剪辑:叶文虎	摄影:王奎家
解说:张之光	摄影:梁明双
音乐编辑:白 明	摄影:刘清棠
录音:王忠礼	摄影:孙军明

汽 水

原片解说词

天气炎热的时候,喝上这样一瓶清凉的汽水,可真是舒服极了。

在工厂高温车间里工作的工人紧张的劳动以后,有这样好的饮料,不但解渴,而且能防止中暑。

观众们,你们想知道汽水是怎样制成的吗?

首先把空瓶子放到洗瓶机里消毒洗净,再送去装灌配好的糖液和苏打水。然后加上瓶盖,混合摇匀。这一切机器都做得很好,不仅清洁卫生,产量也特别高。

北京食品工厂每天都把

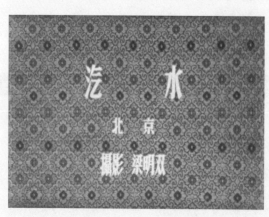

> 片头

各种汽水送到市场上去。

今天的亚洲汽水厂已经不复当年的辉煌,而北冰洋汽水也早已停产。北冰洋食品公司也迁出了市区,外迁到了大兴的食品生产基地,但是那个时代产生的民族汽水品牌和它们曾经带来的快乐却永远地留在了很多人的记忆之中。

今天随手喝一瓶汽水,对于国人来说已是一件非常容易的事,但是在五六十年代,想要喝上一瓶汽水却要费上很多周折,而喝上一瓶酸酸甜甜的汽水有时竟是很多孩子一个月甚至数个月的等待与希望。

> 机器自动把汽水送来

> 用机器把瓶盖盖上

★ 历史检索 ★

1956年9月　安志敏主持在河南省陕县庙底沟、三里桥新石器时代遗址发掘。由此确认仰韶文化的庙底沟类型。

苏联专家在中央美术学院开办油画训练班。该班倡导的艺术观念及艺术风格在美术界长期占据主导地位。通过"油训班"和"雕训班"的学习,中央美术学院逐渐建立起正规的学院美术教学体制。

9月1日　世界和平理事会授予齐白石1955年度国际和平奖仪式在北京举行,齐白石成为唯一获此殊荣的中国人。

> 灌装特写

　　汽水产生于18世纪晚期，1772年，英国化学家普利斯特里在一家酿造厂最先制造了汽水。他将打了洞的管子放入盛水的容器中，然后使"固体空气"也就是我们今天熟知的二氧化碳通入水中。虽然有部分气体溢出，但是大部分被水吸收，制成了人工泉水。因泉水中含有这种特有的"固体气体"，所以被称为"汽水"。后来经过法国化学家拉瓦锡等人的研究，确认了"固体空气"就是二氧化碳。不久，拉瓦锡又发明了制造汽水的机器。

　　此后的1789年到1821年间，汽水陆续成为欧美一些国家的主要饮料。1808年，费城的斯比格曼按照拉瓦锡的方法制出汽水，在市场上出售，受到

★ *历史检索* ★

1956年9月3日　文化部、全国供销合作总社发出《关于加强保护文物工作的联合通知》。
9月8日　中国仿照米格-17型喷气式飞机制造的歼型喷气式飞机试制成功，开始装备人民解放军空军部队。其后，又仿制成功歼6、歼8型机。至60年代末，中国的作战飞机机种已基本配套。
9月29日　西北地区规模最大的现代化棉纺织厂——国营西北棉纺四厂正式投产。

了大众欢迎。此后,汽水配方又有了进一步发展,加入更多的香料、糖和其他原料,在各个餐馆和药房里出售。

但是在中国,汽水工业起步比较晚。新中国成立后,广州成为了汽水生产的重镇,而亚洲汽水厂就是当时非常有名的一家汽水生产企业。在今天广州的《华侨志》上,人们还可以查到有关亚洲汽水厂的资料。"大德路398号(新中国成立后是298号),资金73 129元,代理人王树"。这一行行字迹记录了亚洲汽水厂的历史。

1946年成立的亚洲汽水厂是广东省生产汽水历史最长的企业,那一年的2月在大德路正式开业。汽水厂最初是由曾在屈臣氏汽水厂工作过的李智扬与李冠玲、梁汉奇、黄有桐、王贞三等11人集资筹办的。因为新中国成立前的股东里有几位拥有多年在海外从商和公司工作经验的华侨,因此当时的亚洲汽水厂在经营中非常有自己的特点。

汽水厂成立之初,投资者们就请当时的省参议员甘丽初题了"亚洲汽水

> 灌装汽水

厂"的招牌。工厂也成立董事会，李冠玲为董事长，李智扬为经理，工人大多为股东们的家属。在随后的时间中，亚洲汽水已在广州市场上站稳了脚跟，是广州市场上唯一的甲级汽水。

亚洲汽水厂的员工还为自己的产品编了一段琅琅上口的广告词："亚洲汽水，汽水亚洲；有我好气，没我长气；有我长气，没我好味。"从那时候开始，"亚洲汽水，够气够味"的口号就流传开了。可见在新中国成立前，能让汽水在好味的情况下"长气"、"好气"已经相当不容易。

在老一辈广州人的记忆里，亚洲汽水厂的广告手段还不只这些，他们还把亚洲汽水的口号写在公共汽车上，成为最早的广州流动广告。据说20世纪50年代的电影院里放映电影之前，以及电台都会播放汽水广告，像海角红楼游泳场也有广告标语，珠江边的建筑物顶有汽水广告牌，一到晚上还用灯光照亮。正是这段时间的"广告宣传"，将亚洲汽水的大名远播港澳和东南亚，为以后的大量出口打下了基础。

公私合营后，亚洲汽水厂的规模也得到了进一步的扩大，据很多亚洲汽水厂的老员工介绍，因为当时的汽水是奢侈品，征收比较高的税，因此价格

> 汽水厂工人在洗瓶机前工作

> 工人们在喝汽水

很高。在店里,汽水是由绳子拴住挂起来卖的。一到晚上还有灯光照着,以显示出自己汽水的"尊贵"地位。

而当时卖汽水的,主要以一些比较高档的酒店为主,比如当时的胜利大厦、新华酒店、新亚酒店等。

而对于更多的北京人来说,记忆最深的就是本片简报中介绍的北冰洋汽水。当时的北冰洋汽水因为有一股清甜的橘子香、便宜又好喝受到了许多人的青睐。特别是那红白相间的"北极熊"和"北冰洋"商标,让很多经历过那个年代的人都难以忘怀。

北冰洋食品公司的前身是1936年北平制冰厂。1948年前后制冰厂倒闭。1949年新中国成立后,制冰厂收归国有,更名为北京新建制冰厂。1950

> 工人们在喝汽水

★ 历史检索 ★

1956年10月6日 国务院发布《关于农业生产合作社粮食统购统销的规定》。主要内容有:粮食统购统销数量,一般以社为单位,根据1955年粮食"三定"数字统一计算和核定,如果实际情况有显著差别,应作必要调整,然后确定。粮食分配,必须保证完成国家核定的粮食征购任务和供应指标,必须保证农业社社内公用和全体社员食用的粮食。根据定产、定购数字自1955年起3年不变的原则,余粮社在年景正常情况下,增产不增购。为保证灾区的粮食供应,对丰收地区的余粮社可适当增购一部分余粮,但不得超过增产部分的40%。

年 6 月，正式更名为北京市食品厂，当时注册了"北冰洋"商标以及雪山白熊的商标图案。1954 年，经过当时市政府的批准，"北冰洋"正式在崇文区安乐林路安家。1956 年，在周恩来总理的亲自过问下，上海的屈臣氏迁入京城同北京市食品厂合作，一起致力于食品轻工业的发展。

新闻链接

　　由于汽水在那个年代的高昂的价格，很多孩子都不能亲身体验商店里汽水的滋味，但是独特的环境造就了人们的智慧，那时候很流行自己制作汽水，虽然自己制作的汽水达不到真正汽水的水平，但是"自己动手，丰衣足食"却有着另一番趣味。这里我们引用一位博友的回忆，来共同见证那个时代人们的苦乐。

　　"小时候解暑的东西除了冰棍就是白开水，当时每根冰棍 3 分钱，是很

> 小孩喝汽水

> 两个小孩把汽水瓶盖打开

好吃，但没有钱啊。白开水不要钱，但没有味道，除非加些糖精在里面，甜甜的还比较好喝。

"最吸引人的其实是汽水，这个以前都没有，是后来才有的。5 毛钱一瓶，如果喝了不要瓶子，可以换 2 毛钱，相当于 3 毛钱一瓶。每次看见，我都眼巴巴的想喝那汽水，但母亲是不给我买的，冰棍还是可以考虑的。而我们邻居万梅都那么大了，几乎每次都能喝到汽水，跟母亲说起来，母亲总以太贵的理由拒绝。

"既然喝不到买来的汽水，自己也可以做。听别人说，那汽水喝起来甜甜的、酸酸的，很好喝。甜的，那肯定是加了糖吧；酸的，我们家的醋是酸的，肯定加了醋，至于黄颜色，少放些红糖不就是黄的吗？我大胆的创意让我自己都吃惊。于是在想好之后，就在一个空酒瓶子里开始实验，先将所有的东西

★ **历史检索** ★ ────────────────────────

1956 年 10 月 14 日　纪念鲁迅逝世 20 周年时，鲁迅遗骨从上海万国公墓迁葬虹口公园，鲁迅墓在公园的中部，周围青松环绕，翠竹掩映，花岗石的墓台上蠹立着巨大的墓碑，镌刻着毛泽东题的"鲁迅先生之墓"六个大字。墓前有鲁迅铜像。

10 月 15 日　中国第一座现代化的电子管厂——北京电子管厂正式开工。北京电子管厂是第一个五年计划期间苏联援建的 156 项重点建设工程之一。工厂从 1952 年开始筹建。

在碗里和好，加白糖、加红糖、加醋。

"二姐吃惊地问我做什么，我不告诉她，我想要给她一个惊喜。看看她的弟弟不但书念得好，而且还很有才，连汽水都会自己造。现在想起来我自己都笑出了声。在将一切弄好灌进瓶子里后，我慢慢地品尝，好像并不香。由于是家里酿造的醋，所以喝起来怪怪的。但将就着也喝了，然后重新配了一份，这次记住多放糖，少放醋，效果明显好了许多。这下我越发得意了，并且拿着瓶子满庄子转，见到同龄的孩子就说，看，这就是我做的汽水。看着同龄孩子吃惊的眼神，我越发感觉到兴奋和自豪，好像那瓶子里的汽水跟街上卖的味道一样好，大家都想尝一口，但我是不答应的。每瓶 2 毛钱，要钱的话是没有人喝的，大家宁愿出 3 分钱买冰棍吃。

"所以那种配料的汽水或许是我一个人才拥有、一个人才喝过的。但在我的童年里，这自制的汽水却成了我最喜欢也最感到自豪的饮料。"

职员表

编导：张济美	摄影：张永生
剪辑：李耘静	摄影：陈祖武
解说：张之光	摄影：孔晶中
音乐编辑：蒋醒民	摄影：汪连生
录音：王忠礼	摄影：石　磊
摄影：周振声	摄影：芦长利

中医医院

原片解说词

中医有着悠久的传统，许多人都愿找中医看病，今年在首都成立了第一座中医医院。这里聘请了许多著名的内、外各科医师。

> 片头

这是著名外科医师赵炳南。

正在给病人诊断的是著名内科医师宗维新。

正骨科名医萨仁山，正在给跌伤者医治。

门诊部每天可以接待400个病人，病房设有235张床位，许多病人在这里得到了良好的治疗。

张增惠患了肝硬化，入院时是人抬来的，现在已经消去腹肿可以坐起来了。

张金凤也是患了肝硬化，经过 3 个月的医治，肝脏功能已经恢复了。

刘庆余患了脉管炎，几乎要锯掉的半截腿被保住了。在这个医院治病的人们，正在恢复着健康。

今天位于北京市美术馆后街 23 号著名的中医医院——首都医科大学附属北京中医医院是在 1956 年前后成立的，而这所医院是新中国成立后的第一所中医医院。

北京中医医院的院址所在地有着悠久的历史。早在元至元年间，元世祖忽必烈就在此处为道教正一派传人张留孙修建了道教庙宇崇真万寿宫；而到了清雍正年间，此处成为了诚亲王府的所在地；同治年间为荣安固伦公主府，俗称"大公主府"。民国时，荣寿和硕公主的后人家道衰落，终因债台高筑无力偿还，阖家弃府而逃，这座府邸就划到了债权人吉祥戏院名下。

但是这座看似与医学毫无关系的公主府又怎么会成为一座中医医院的

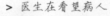
> 医生在看望病人

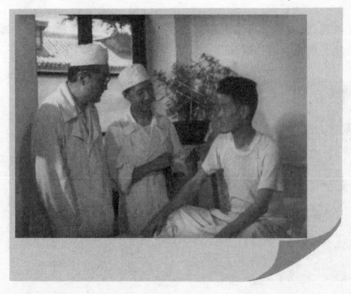

> 医生们在查房

呢？这还要从新中国成立后中国的医疗事业制定的方针、政策说起。由于当时中国的西医水平十分有限，为了尽快满足人民的基本医疗保障，国家决定采取中西医结合的方式来加强新中国医疗卫生力量。而当时作为拥有着几千年历史和无数人才的传统医学——中医学就这样担负起了新中国卫生事业最初的重任。

也就是在这个时期，一大批中医研究组织、中医医院相继陆续成立。1955年的中医研究院及其附属的西苑医院在北京成立，当时的国务院总理周恩来亲自为之题词——"发扬祖国医药学遗产，为社会主义建设服务"。1959年，开办了第一期西医离职学习中医班，招收了在职大学毕业并有一定临床经验的西医学员80名。而北京中医医院也就是在这个时期开始了筹建，当时的选址就定在了和硕公主府。

北京中医医院成立后，一大批有着丰富理论基础和临床经验的著名中医医师汇聚到了这里。简报中介绍的赵炳南医师就是这其中的一位佼佼者。

赵炳南，中医皮肤外科专家。他从医长达60余年，临床经验非常丰富。

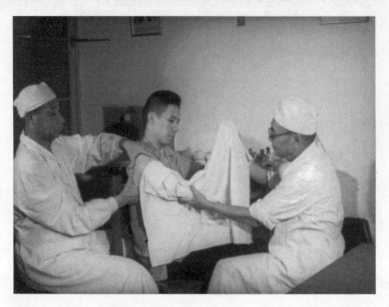

> 萨仁山给跌伤者医治

在长期的临床实践中，形成了自己皮肤外科治疗的独特风格。赵炳南一生勤奋好学，诲人不倦，为中医学发扬光大作出了贡献。

同许多在旧时代生活过的人一样，1899 年 5 月出生于宛平县的赵炳南很早就经历了人世的不平与坎坷。一家人的生计只能以父亲打短工赚回的钱维持。赵炳南自幼身体羸弱多病，从 5 ～ 7 岁仅 3 年间就出过天花，患过痢疾，得过麻疹，发过疟疾。

据他自己后来回忆说："我的童年生活饱尝了人间的痛苦与疾病的折磨，是今天的少年儿童难以想象的"。但也就是这样特殊的人生经历使他深深懂得生命的珍贵，在赵炳南幼小的心灵里已播种下了立志做一名为他人解除病痛的医生的种子。

★历史检索★

1956 年 12 月 7 日 《矿产资源保护试行条例》颁布。
12 月 23 日 由茅盾、周扬、老舍率领的中国作家代表团出席在印度新德里召开的亚洲作家会议。茅盾在亚洲作家会议上作《中国文学现状》报告。

> 宗维新给病人诊病

　　6岁时,赵炳南进入私塾开始了他的读书生涯,但因家境清贫,他的学习仅勉强维持了6年便中断了,他被迫过早地走上社会。少年时期的赵炳南亲眼目睹了饥寒交迫、在死亡线上挣扎的劳苦大众,心灵受到极大震动,这更加坚定了他立志做一名医生为民众解除病痛的信念。

　　1912年,13岁的赵炳南开始在北京德善医室从师于名医丁德恩,学习中医皮肤疮疡外科。在短短的3年里,他研读了《外科准绳》、《疡医大全》、《外科启玄》、《医宗金鉴》、《本草纲目》等数十部医学著作。他刻苦努力、孜孜不倦的精神深深打动了丁老先生,故尽得其传。1920年,赵炳南自设医馆开始行医,悬壶于北京西交民巷。曾任当时北京市中医公会外科委员、华北国医学院外科教授等职。他在建国前行医30余年,救死扶伤,以人道主义和高超的医疗技术,救治过无数的病人和垂危患者。尽管做了大量有益于人民的好事情,却仍免不了受权贵们的刁难与凌辱。

随着 1949 年中华人民共和国成立，赵炳南与这个国家一道获得了新生。他十分珍惜来之不易的和平与安宁，从此他更加勤奋，不断从中医学宝库里汲取营养，以发展中医事业为己任。

抗美援朝时期，他主动提出免费为烈军属诊疗疾病，受到北京市人民政府登报表彰。1956 年，他被聘为北京医院、中国医学科学院、北京和平医院等单位的中医顾问。

北京中医医院成立后，他又毅然离开了苦心经营多年的医馆，投入到北京中医医院的工作当中，并把自己的药品、医疗器械、制药用具、办公家具以及医馆部分设备无偿地捐献给国家，受到了政府的热情赞扬和鼓励。

赵炳南在担任北京中医医院皮肤外科主任、副院长、名誉院长期间，还兼任了北京市中医研究所所长等职务，并被推选为中华医学会及其外科学会及皮肤科学会委员、全国中医学会副理事长、北京中医学会理事长。

赵炳南晚年专门致力于皮肤病的治疗与研究，并取得了可喜的成果。他的这些研究成绩后经他的徒弟和助手整理成了《赵炳南临床经验集》。该书在 1975 年由人民卫生出版社出版，全书共 30 万字，系统介绍了赵炳南的临

> 赵炳南给病人看病

> 当年北京市中医院的大门

床经验和学术思想。该书共收入病种 51 个,病例 137 例,还介绍了 3 种特殊疗法和行之有效的验方、常用方。1978 年此书获得了全国科学大会奖。

可以说如果没有像赵炳南这些老中医、老专家一路风尘仆仆地走来,也就没有北京中医医院的今天。

近年来,随着院内"建名院、创名科、树名医"精品战略的实施,北京中医医院的皮肤性病科、针灸科、肿瘤科、中医疮疡外科、消化科、肾病科等先后成为国家级或市级重点专科、学科或建设单位。此外,还成立了感染科、心血管病科、妇科、呼吸病科等院级专科,形成了国家级、市级、院级专科三级滚动发展的良好格局。

同时院内专科的建设带动了中医医学的人才培养,推动了学科建设,促进了临床疗效,提高了竞争力,提升了经济和社会效益,树立和强化了中医医院的品牌形象,使北京中医医院走出了一条既具有中医特色,又富于西医创新精神的全面发展之路。

新闻链接

　　成立于 20 世纪 50 年代的北京中医医院之所以闻名遐迩，除了它是新中国成立的第一所中医医院外，更是因为当时的北京中医医院集中了当时最优秀的中医人才。前文中介绍的赵炳南是皮肤外科专家，而这里介绍的宗维新则是当时北京中医医院内科界的领军人物。

　　宗维新，字锡文，山东省历城县人，1900 年生人，1975 年去世。幼读私塾，18 岁时开始随其父宗世明学医，不久便名扬乡里。1924 年迁居北京，1925 年开业行医。1946 年被北京市中医界推选为北京市中医师工会理事长。1955 年，参加北京市市立第一医院工作，翌年 4 月任北京市中医学校教务长、副校长、北京市中医研究所副所长。1959 年担任中央卫生部药典委员会委员，北京市中医学会理事长。1960 年任北京市红十字会常委，1962 年任北京市科协常委，1963 年任卫生部科委中医专题委员会委员。

> 已经康复的病人在娱乐

宗维新最擅长治疗内、妇、儿科疾病,深受患者信赖。尤其是对于再生障碍性贫血的研究,是他最卓有成效的临床课题。

通过多年的行医经验,他总结了一系列有关再生障碍性贫血的治疗心得,他认为脾肾阴阳损伤是本病的主要病机,在脾肾阴阳损伤的同时,往往伴有心肝的受损。临床多见肾阴虚损、肝阳上亢、脾肾阳虚等证型,或单见一型,或两型共见。再生障碍性贫血不同于一般气血两虚或气血暴脱,而属于内伤血虚或虚劳亡血的范畴。一般气血两虚者,用补气养血之剂疗效尚好,而再生障碍性贫血则病势缠绵,绝非朝夕之功,且要根据不同辨证加减用药。在治疗过程中见有肾阴虚、肝阳亢者,经填阴潜阳后,逐渐出现腹泻阴凉等证,说明已转入肾阴虚损、脾肾阳虚阶段。又如有些患者肾阴亏损证候好转后又可转为脾阳虚,究其原因,此病本质在于脾肾阳虚、肾阴亏损,当表现为肾阴亏损、肝阳上亢时,肝阳上亢的证候掩盖了脾肾阳虚的证候,经用填阴潜阳之剂后,虚阳深潜则脾肾阳虚证候逐渐显露出来。

宗维新一生热爱中医,他的传人宗修英、梁贻俊、孙伯扬等,都已经继承并发扬了他的学术思想,成为现在北京有名的中医专家。

★ *历史检索* ★

1956 年 12 月 30 日　中国民航局决定从 1957 年起陆续开辟北京、上海至全国各大重要城市的八条新的航空线。

职员表

编导:邓葆宸	摄影:田 枫
剪辑:叶文虎	摄影:洪文远
解说:张之光	摄影:赵 凯
音乐编辑:齐惠平	摄影:芦长利
录音:吴振坤	摄影:曲宗珊

清朝"探花"的晚年

原片解说词

83岁的商衍鎏先生是清朝的"探花",他一生经历了3个时代,只有晚年最幸福。

> 片头

最近,他写出了一部20多万字的巨著《清代科举考试述录》,请了几位知己的朋友来研究。

闲暇时,他和儿孙们一起享受着天伦之乐,他有6个儿女,8个孙子,大儿子和二儿子都是大学教授,一家人生活得都很愉快。

> 商衍鎏一家人在听音乐

> 商衍鎏听音乐

　　1904 年是中国旧历的甲辰年，暨光绪三十年。这一年的 5 月 21 日黎明时分，273 名身穿朝服的贡生从当时的北京东华门行至中左门，逐一点名领卷，然后整齐地进入保和殿。他们是来参加最后一次复试和殿试的。此时的满清王朝已是内忧外患，风雨飘摇。但对于长年寒窗苦读的士子们来说，科举仍然是他们求取功名、光宗耀祖必须走的路途。本文的主人公商衍鎏也在这队伍中，他来自广东，这一年刚好 30 岁。如果从 6 岁起开蒙读《三字经》、《千字文》算起，他已经有 20 多年苦读四书五经的经历了。此刻他心潮起伏，能不能鲤鱼跃龙门都在此一举了。他决心将自己全部所学都在这次考试中释放出来，以求得一个好名次。但是商衍鎏，甚至所有贡生都没有想到，这一次的科举将是中国 1 300 年科举史上的最后一次考试；而他们这些人也将因

★ **历史检索** ★────────────────────────

1957 年 1 月 3~23 日　全国专业团体音乐舞蹈会演在北京举行。会演期间共演出 187 个舞蹈节目和 175 个音乐节目，观众达 30 多万人次。

1 月 4 日　北京——塔尔丁(青海省柴达木盆地西部)新航线通航。这条航线全长 2 287 公里。

107

此被记录进中国的近代史。

考试结束后的 22 日，读卷大臣在文华殿共同阅卷，将阅定的前十名呈给光绪皇上钦定座次。呈上时拟订的名次是：朱汝珍第一，刘春霖第二，张启俊第三，商衍鎏第四。光绪皇帝阅卷后认为，第二比第一写得好，第四又比第三写得好。于是一与二、三与四分别换位，商衍鎏就此被钦定为科举史上的末代探花。

但科举的成功并没有给商衍鎏真正施展才学、报效国家的机会。考试过后，光绪帝开始推行新政，商衍鎏被选派去日本留学。他于 1906 年赴东京政法大学学习经济和法律。在此期间，他有机会参与了一些演讲和集会。这一年的 12 月 2 日是《民报》周年纪念会，商衍鎏到锦辉馆去听演说。第一位演说者就是孙中山，他第一次听到了有关种族革命、政治革命和社会革命的政治主张。其后章炳麟、汪兆铭等人也纷纷登台演讲，这些主张推翻清朝的革命者的演讲对商衍鎏起到了很大的震动作用，使他对封建帝制的合理性有了更多的怀疑。

> 和朋友讨论他的著作

★ 历史检索 ★

1957 年 1 月 24 日　中国科学院颁发了 1956 年度科学奖金(自然科学)通告，得奖的研究成果共 34 项，其中一等奖 3 项、二等奖 5 项、三等奖 2 项。

> 商衍鎏20多万字的巨著《清代科举考试述录》

两年后这批士子毕业归国。在清廷举行的考核中,商衍鎏还被评为最优列一等。但他所学到的资产阶级学说是不能为清廷所接受的。考试结束后,商衍鎏又按照旧制进入翰林院,每天做着校对、编修、撰文这些几千年来从未改变过的工作。商衍鎏虽然因为关心国家,多次向清廷提出改革建议,却从未被重视。

风雨飘摇的大清终于在1911年轰然倒塌。新科进士们十年寒窗求来的功名也如流水而去,他们此后便走上了不同的发展道路。

本来就淡泊名利的商衍鎏选择了远离政治的漩涡。此后他于1912年应聘德国汉堡大学东亚系教师,远赴德国4年教授汉语。在德国,他还帮助筹建了汉堡大学中国语言和文化系。当时的汉堡大学非常重视这项工作,专门为此拨出2万马克。商衍鎏编制了采购中文的书目,并向国内订购了一批很有价值的中国图书,成为奠定汉堡大学汉语系基础的里程碑。目前拥有8万余册图书的汉堡大学中文系图书馆,已经成为德国规模最大和最著名的图书馆。"末代探花"商衍鎏为促进中德文化教育的交流立下了"首创"之功。

第一次世界大战爆发后,由于欧洲局势动荡,商衍鎏回到国内并曾在国民政府任职,先后担任过财政部秘书、江西省财政特派员。1927年后,鉴于时

★ **历史检索** ★ ————————————————————————

1957年2月16日　中国第一台4.05万千伏安,15.4万伏电压的巨型电力变压器,在沈阳变压器厂试制成功。

3月10日~25日　第二届全国民间音乐舞蹈会演在北京举行。27个代表团包括了28个民族,会演中演出了近300个地方特色鲜明的优秀民间音乐舞蹈节目,如《12条毛巾》(安徽)、《召树屯与南吾罗腊》(云南)。

政腐败，愤而辞职，从此以卖字为生，治学为本。抗战后辗转江苏、四川等地。晚年由儿子商承祚接回广州定居，后被周恩来总理聘为中央文史馆副馆长，直到去世，结束了他充满坎坷又多姿多彩的一生。

新闻链接

> 在书房进行写作

多才多艺的末代"探花"

商衍鎏为人们所熟知，不仅仅因为他是科举史上的末代探花，更因为他是一位著名的爱国人士和学者。日寇侵占东三省时，他在《感愤》一诗中写道："惊看砧肉供刀俎，忍撤藩篱逼冀燕。"并有"长蛇封豕欲难填"之句，痛斥帝国主义的贪婪本性及反动派的卖国政策。抗战期间又愤怒声讨日寇滥炸和平城市的暴行；每闻捷报，则咏诗庆贺。他对国民党的苛政无比痛恨，曾以"斗米需钱百万多"成辘轳体长诗加以揭露。

新中国成立后，党和政府

> 商衍鎏先生在看花

★ **历史检索** ★

1957年3月14日，正式成立中华全国新闻工作者协会。宗旨是团结全国各族新闻工作者，加强新闻队伍建设，维护新闻工作者的合法权益，推进新闻改革，繁荣和发展社会主义新闻事业，开展国际交流。主席田聪明。

> 83岁的商衍鎏先生在花园中散步

对老年知识分子的关怀与安排，使他感到温暖，多次赋诗抒怀。老当益壮的他，经过3年努力，撰写了一部23万字的《清代科举考试述录》，于1958年由三联书店出版。全书材料翔实，内容丰富，条理清楚，填补了我国学术界的一项空白，具有一定的文献价值。随后又著有该书姊妹篇《太平天国科举考试纪略》，1961年由中华书局出版。书中澄清了过去比较模糊的几个问题，受到学术界的重视。他还从30余年的诗作中选出400首、书画26幅、《画竹一得浅说》一篇，并附上徐宗浩所临柯九思《竹谱》，合为《商衍鎏诗书画集》，1962年影印出版，书中文字全部由他亲自缮写。

商衍鎏在书法方面造诣也非常深厚。有关他的作品流传不少，在书法界也有一定影响。他的楷书初学褚、颜，功力较深。中年以后转而致力草书，从章草下手，经过一个时期的临摹，勤习诸名家范本，使书体变化自如，飞逸多姿，60岁以后逐渐形成自己的风格，评者多谓其书法兼有颜鲁公的沉着端庄、褚河南的秀劲超逸。行书尤见神韵潇洒、刚柔相济、意趣盎然，具有较高的艺术水平。他亦喜画竹，并对其画理细心揣摩、钻研，他的《画竹一得浅说》近2万字，是其研究心得，初学者可以从中掌握途径。他画竹的作品不多，但幅幅风格不凡、挺拔多姿，给人以清新之感；他题画竹的诗篇不少，每以它遇严寒而苍翠不改、经风雨而坚韧不凋的高尚品格以自励。

职员表

摄影:张贻彤

摄影:童国平

摄影:赵 化

摄影:李振羽

摄影:李坤钱

摄影:靳敬一

摄影:钱厚祥

香 烟

原片解说词

中华香烟,放在烟缸上冒着烟。一个男子抽烟。红双喜烟的样品,有纸盒装、筒装等。上海市第二卷烟厂,从烟叶、烟丝、卷烟到成包的香烟。

> 片头

提起中华香烟、红双喜烤烟,相信很多国人都不会陌生。烟草,这个原产自美洲,由当地印第安人发现的含有尼古丁的物质,有着可以兴奋人体神经的神奇能力。

18 世纪时这种刺激

> 上海市第二卷烟厂生产的中华牌香烟

神经的物质传入中国。从此烟草便与中国人、中国社会结下了不解之缘。

至19世纪末期，多家"洋烟"企业进入中国并不断扩张直至逐渐垄断了中国市场，也就是在这样的背景下，中国的民族卷烟生产企业兴起并开始参与市场竞争。据相关方面记载，当时，中国共开办了30余家卷烟厂，而其中规模最大、最为著名的就是生产红双喜烟的南洋兄弟烟草公司。

1905年的一天，在香港一家设备简陋的小工厂里，寄托着多年在日本经商的简照南、简玉阶兄弟心血的南洋兄弟烟草公司正式开始了自己的创业之路，当时这家工厂只装备有1台烤炉、1间烘房、1个发电机、2台磨刀机和4台卷烟机。据说当时取名"南洋"有两层含义：一是想和天津的北洋烟草公司相对应，取共挽利权的意思；二是公司的股份主要由南洋华侨提供，而且最初顶下来的销售对象也是南洋地区，因此取名"南洋"。

★ 历史检索 ★

1957年4月　为了继承和发扬戏曲表演艺术遗产，文化部和中国剧协等单位联合发起组织"整理著名老艺人表演艺术经验筹备委员会"，田汉、欧阳予倩、张庚等担任筹备委员。

4月8日　武汉钢铁联合企业工程正式开工。这是第一个五年计划的重点建设工程。

如同旧时代中国所有的民族工业一样，"南洋"的命运从一开始就身处风浪之中，充满了世事艰辛。就在 1906 年"南洋"推出双喜牌香烟不久，因为受到英美烟草公司的排挤，曾一度亏损，以致被迫歇业。

　　所幸不久简氏兄弟就得到了在越南经商的叔父简铭石的支持，南洋烟草公司也正式更名为广东南洋兄弟烟草公司，实现了复业，并将厂迁址到香港湾仔道 199 号。

　　1911 年起，企业终于实现了由亏转盈。而"南洋"也借势推出了自己的拳头产品——红双喜牌香烟，它在口味上与双喜一脉相承。而双喜原本就蕴涵着快乐和富裕的双重含义，是人们心底深处最渴望的诉求，现在"南洋"又在这之上添加了中国老百姓都钟爱的红色，这看似简单的变动，却表达出对中国传统文化的偏爱和追随。同时由于红双喜香烟物美价廉，很快，红双喜香烟就在市场上一炮而红，销路通畅，南洋兄弟烟草公司也就此成为我国民族烟草工业的领头羊，世人称为"国烟大王"。

　　此后，随着"南洋"创办人之一的简照南的去世，"南洋"烟草公司也开始走向了滑坡。1927 年以后，由于国民党政府加征卷烟统税，税收政策又有利

> 流水线上的香烟

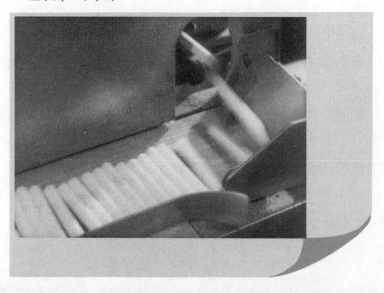

> 烟草

于外商,在这双重压迫下,"南洋"连续数年亏损。1937年4月,当时的官僚资本巨头宋子文乘公司困难之际,以低价收买简家股票并迫订合同,取得半数股权,改组了"南洋"公司,由宋本人任董事长,原来的总经理简玉阶变成了徒具空名的董事和设计委员。此后,企业实权一直为宋子文等人把持。

抗日战争时期,南洋兄弟烟草公司在上海的总厂被日军炮火所毁,公司的业务中心也就转移到香港和重庆,汉口的分厂也迁往重庆,"南洋"风流从此走入历史。

新中国成立后,南洋兄弟烟草公司上海制造厂获得了新生,1951年"南洋"出品了新设计的"红双喜"烟标。其主副版上均有以简笔画手法描绘的4名欢乐地跳着绸带舞的姑娘,姑娘左边有一个方形花篮,右边有一个圆形花篮,花篮上部各有一只飞舞的蝴蝶;中间是一个象征热烈、吉庆、祥和的大红"囍"字,其上部有5个小灯笼,灯笼上分别标有"红"、"双"、"喜"、"香"、"烟"字样。

★ 历史检索 ★ ────────────────────────

1957年4月13日 位于河南省西部(现三门峡市)的黄河三门峡水利枢纽工程开工,于1960年9月大坝合龙,开始蓄水使用;1962年第一台发电机组试运行。

> 纸盒装,筒装等多种多样的烟

1996年,"南洋"经过重组,其资产进入"上海实业控股有限公司"。同年5月30日,"上实控股"在香港联交所挂牌上市,此举标志着"南洋"跃上生产经营与资产经营相结合的发展新台阶。

时至今日,"南洋"已发展成为一个拥有核心技术、生产与管理全面现代化的企业集团,并且在海内外赢得了广泛而持久的品牌信誉。

如果说生产"红双喜"牌香烟的"南洋"烟草公司是一位久经沧桑的老人的话,那么中华香烟的生产商中华烟草公司则代表了那个时代的年轻力量。

1950年,新中国刚刚成立,国营中华烟草公司就接到了研制高级香烟"中华牌"的上级命令。样烟做成后,由当时的华东工业部部长汪道涵同志专程送往北京,供毛泽东等中央领导评吸。因为当时的公司名称是中华烟草公司,故这个品牌也顺乎其名,特谓之"中华"。"中华"牌香烟上市后果然一炮打响,从此以后一直名居中国香烟首位。

而"中华香烟"之所以一面世即获得成功,根本原因是当时政府的大力

★历史检索★

1957年5月5日　中国留美物理学家李政道、杨振宁获得1957年的艾伯特·爱因斯坦奖金。
10月31日,瑞典科学院宣布,李政道、杨振宁共同获得1957年诺贝尔物理学奖金。

> 红双喜烟的样品

推广;同时,在那个辞旧迎新、民族意识格外高涨的年代,"中华"这个中国人自己研制生产出来的第一个高档卷烟品牌的市场定位,很容易地激发起国人的民族自豪感。因此,抓住了当时消费者心理的"中华"烟,能轻而易举地打败外烟。

"中华香烟"也就此拥有了国内绝对第一的高贵血统,并自诞生之日起,就注定了它传奇而璀璨的生命历程。

1952年,中华烟草公司并入上海烟草公司;1954年食品工业部曾派工作组专门赴上海检查"中华"牌卷烟质量,规定"中华牌"卷烟配方如有较大的变动,必须经部里批准方可实行;同时上海方面对"中华"调拨计划的完成情况,要经常向中央有关部门汇报;在主管部门感到为难时,还要向国务院办公室汇报。凭国务院介绍信去产区督促调运。

★ 历史检索 ★

1957年5月14日　北京中国画院成立。周恩来总理及郭沫若、陆定一、沈雁冰等300余位文化界、美术界知名人士出席了成立大会。周恩来作了长篇讲话,规定了画院是创作、研究、培养人才、发展我国美术事业、加强对外文化交流的学术机构。北京中国画院成立时,入院的画家由文化部直接聘任。著名画家有齐白石、叶恭绰、陈半丁、于非闇、徐燕孙、王雪涛、胡佩衡、吴镜汀、秦仲文、汪慎生、关松房、惠孝同、吴光宇等。艺术大师齐白石任名誉院长,叶恭绰任院长,陈半丁、于非闇、徐燕孙任副院长。

> 放在烟缸上的烟

　　那时的"中华"牌卷烟还是中国政府用于招待中外宾客的指定香烟。1954年，中华香烟作为礼品赠送给东欧国家领导人；1968年起中国民航总局特别定制硬盒十支装与硬盒五支装"中华"烟作为乘坐中国民航航班纪念品，赠送给中外宾客，期间共历时11年；那时的"中华香烟"还长期作为特供商品进入外轮供应公司、友谊商店和华侨商店，并需用外币才能购得。

　　时至今日，随着香烟市场的不断发展，更多的高档香烟走入了人们的生活，国人对于香烟的需求也日益呈现出多元化的趋势，但唯一不变的是国人对于香烟、对于烟草的迷恋。

新闻链接

　　烟对于很多人是介于零食与主食之间的一种亲密物质，对于艺术家来

★ *历史检索* ★ ————————————————————————

1957年5月14日　杨子范主持在山东省泰安县大汶口村发掘一处新石器时代遗址。后被命名为"大汶口文化"。

说是提供灵感的媒介,对于更多的人来说是最简便、直接、重要的社交手段。这也就注定了香烟在很多人生活中占有重要的位置。几百年来不论是对烟草深恶痛绝的,还是视其为命的都无形中将它推到了历史舞台的中心。而很多人、很多事也借此在时光的长河中留下了自己的名字与印记。

第一个把烟草当作药物的大使——1560 年,当时烟草还不流行,法国驻葡萄牙大使让·尼科把烟草作为治疗许多疾病的药物寄回国。几百年后,化学家们终于揭示出烟草中的所误用于治病的药物是有害物质,并取名为尼古丁。

第一个大面积种植烟草的人——1612 年,英国殖民官员约翰·罗尔夫在弗吉尼亚的詹姆斯镇大面积种植烟草,并开始做烟草贸易。

第一个以烟代钱的统帅——1776 年,美国独立战争中,英军攻占纽约,美军统帅华盛顿呼吁美国人帮助他的军队:"公民们,你们不给钱,就给烟草。"

第一篇指出烟草有害的文章——1924 年,美国《读者文摘》刊载一篇文

> 中华香烟出厂

章,题目是:"烟草损害人体健康吗？"

第一位撰文提出吸烟致癌的医生——1927年,英国医生弗·伊·蒂尔登在医学杂志《手术刀》上撰文:他看到或听到的每一个肺癌病人都吸烟。

第一个给烟草种植者特殊待遇的总统——1942年,第二次世界大战期间,美国总统罗斯福宣布烟草为重要作物,其种植者缓服兵役。

第一位提出被动吸烟有危害的人——1986年,美国卫生官员西·埃弗里特·库普提出:生活在烟雾中的不吸烟的人,面临严重的健康危险。

★ *历史检索* ★ ————————————————————

1957年6月6日 国际舞蹈协会在北京授予梅兰芳荣誉奖章一枚,并授予楚图南、马少波、任虹三人功勋奖章各一枚。梅兰芳,名澜,字畹华,祖籍江苏泰州,1894年10月22日出生在北京的一个梨园世家,是世界人民熟知的戏曲艺术大师,我国最杰出的京剧表演艺术家。

6月11日 辽宁阜新煤矿一座年产150万吨煤的大型矿井——平安竖井建成投产。

> **120**

职员表

编导:寇大缓	摄影:刘 申
剪辑:李耐君	摄影:高健康
解说:刘家燕	摄影:靳敬一
音乐编辑:白 明	摄影:李德润
录音:刘德仁	摄影:陈德禹
摄影:解廷勇	摄影:洪文远

飞鸽牌自行车

原片解说词

因为人民生活水平的提高,都想以车代步,买一辆结实、耐用、质量好的自行车。

> 片头

为了满足广大群众的需要,天津自行车厂大量生产飞鸽牌自行车。从1950年开始生产飞鸽牌自行车到现在,工人们想办法提高自行车的质量,改进了许多部件。新的飞鸽牌自行车不但美观、轻便和结实耐用,而且比进口自行车便宜得多。除在我国畅销外,还远销印度、印度尼西亚、阿富汗、埃及等国。

在 20 世纪五六十年代的中国，"飞鸽"牌自行车可以说是家喻户晓。它是平等主义社会里"铁饭碗"的象征。这种社会体系最直观的体现就是能保证每个人都能拥有这种舒适度不高但值得信赖的交通工具。

同许多现代意义上的生活用品一样，自行车也同样是一个舶来品。1886年，英国一位叫斯塔利的机械工程师，首次从机械学、运动学的角度设计出了新的自行车样式，并为自行车装上了前叉和车闸，同时使自行车的前后轮大小相同，以保持平衡，并用钢管制成了菱形车架，还首次使用了橡胶的车轮。斯塔利的创新不仅改进了自行车的结构，还改制了许多生产自行车部件用的机床，为自行车的大量生产和推广应用开辟了宽阔的前景，因此他被后人称为"自行车之父"。而今天我们常见的自行车的车型与斯塔利所设计的

> 飞鸽商标

★ 历史检索 ★

1957 年 7 月 15 日 《人民日报》发表了马寅初的文章《新人口论》，该文认为不能只看到人口多的积极意义，还要看到它对经济发展的消极作用。呼吁节制生育，控制人口盲目增长。

> 装配自行车

自行车车型基本上是一致的。

中国与自行车的首次接触是在晚清同治七年(1868),这一年的 11 月,在上海首次出现了由欧洲运来的几辆自行车,但这并不是作为交通工具的自行车,而是人坐车上、两脚踮地引车而走的业余消遣的娱乐物件。

同治十三年,法国人米拉从日本运来人力车并输入上海,这种车称为"东洋车",因其色黄又叫"黄包车",成为代步工具。随后沪上兴起了人力车的修、租、贩制业。在很多影视作品里面都可以看到黄包车夫的身影,尤其是老舍先生笔下的《骆驼祥子》更是将黄包车夫描写得活灵活现。

清光绪十一年(1885)后,英商怡和、德商禅臣、法商礼康等洋行将自行车及零件列为"五金杂货类"输入上海,到 19 世纪末在上海已有广泛市场。原

★ 历史检索 ★

1957 年 7 月 24 日 《收获》创刊,这是一本 70 万字、320 页的文学双月刊,定价 1 元 4 角。冰心曾经建议刊名为《创作》,靳以最终还是定名《收获》,意在表明社会主义文艺到了一个收获的季节。靳以认为,长篇小说、话剧、电影剧本在正式出版和上演之前,发表在刊物上,可以得到读者来自不同方面的意见,有助于作者进一步修改。《收获》创刊时是中国作协的刊物。由于靳以不愿去北京,编辑部就设在上海,编好了刊物以后再送到北京出版发行。由于很多著名作家居住在北京,北京东总布胡同 22 号成了《收获》驻京办事处。

> 机器刨车轮

来设摊修理马车、人力车的诸同生，于光绪二十三年选址南京路(今南京东路)604号，开办了同昌车行，经营自行车及零配件。

那时自行车已经逐步进入中国市场，但是当时的中国还是没有自己的自行车生产工厂。

最早的国产自行车产生自民国时期。1930年前后，当时的华商聘请了日本技师，才组装出"红马"和"白马"牌的两种自行车，但不少部件仍靠进口。

后来生产出闻名遐迩的"飞鸽"，天津自行车厂也是从这个时期开始了自己的历史。1936年，日本退伍军官、财阀小岛和三郎在天津第四区小孙庄靠近周公祠的盐坨地老闸口一带画线上桩，建起四五间厂房，装备了百余台日本制造的旧机器，招募200余名工人，挂起了"昌和工厂"的牌子，生产自

> 组装自行车

行车车架、车圈、前叉等主要零部件,组装生产"铁锚"牌自行车,当时月产900辆自行车,但却已经是全国最大的自行车厂了。

　　1949年1月天津解放后,天津市军事管制委员会工业接管处派人接管了工厂,工厂直属天津市军事管制委员会领导。已经在战火中衰败的天津自行车厂也就此迎来了新生。1月底,在多方面的支持下,工厂全面复工。新中国成立后,该厂被正式命名为"天津自行车厂"。社会制度的积极变革带动了工人的生产热情。1950年4月,厂内开展了"造新中国一代坚固、耐用、美观、轻快的自行车"活动,20多名工人自愿组成了试制组,他们拆解、分析了荷兰、日本、英国等国的名牌自行车,取其所长避其所短,认真研究,精心设计。1950年7月5日,10辆样品车就被制造出来。经过严格的技术鉴定、性能试验和质量检验,新车性能优良、质量过硬。根据新车结实、轻快、漂亮的特点,当时的工人们亲切地称它为"飞鸽",据此,后来的上级有关部门批准将这种

★ 历史检索 ★

1957年8月13日　新华社讯,河南省信阳县发现一座战国后期的大型木椁墓,共出土800多件竹简、漆木器、铜、玉、陶和铁器。

> 轧车轴

车正式命名为"飞鸽"牌。新中国第一辆全部国产化的名牌自行车就这样诞生了。1951年1月,"飞鸽"牌自行车成批投放市场。

在自行车、缝纫机、手表、收音机被人们视为结婚时的"四大件"的六七十年代,飞鸽车更是一车难求,常常需要特批才能得到。正是这种珍贵程度也使"飞鸽"车成为人们结婚四大件的首选车之一。

那时关于"飞鸽"的传奇故事也是数不胜数,其中最具国际影响力的是有关后来美国总统老布什的:七十年代,老布什任美国驻中国联络处主任期间,他和夫人芭芭拉经常骑着自行车穿行于北京的大街小巷,既健身,又能直接了解中国社会,接触普通百姓。这位来自"汽车王国"的外交官的行为一时被传为佳话,因此有人把老布什称为"骑自行车的大使"。直到今天当年老布什夫妇骑车在天安门城楼前的照片也被作为影像经典一再出现在报纸杂志上。

同时代还涌现了"永久"牌、"凤凰"牌等许多国内知名品牌的自行车,而那个时期也成为中国自行车工业的黄金时代。

★ 历史检索 ★

1957年9月29日　北京天文馆建成开馆。它是中国第一座(亦是第二次世界大战后亚洲大陆第一座)、迄今仍是我国大陆唯一的一座大型天文馆。应该说,北京天文馆的起步与当时世界大型天文馆的水平相当。周恩来、刘少奇、朱德、陈云、邓小平、陈毅等党和国家领导人都曾先后来北京天文馆视察参观,特别是陈毅副总理,更是对北京天文馆的建设关怀备至。当时北京天文馆的主要设施有:天象厅、大众天文台、天文知识展厅等;与其配套的设备为:光学天象仪、天文望远镜等。通过天象仪、天文望远镜等专业设备的运用,以及天文知识展览的展示、《天文爱好者》杂志的出版,北京天文馆开展了丰富多彩的天文普及教育活动,为公众架起了一座了解宇宙、认识宇宙的桥梁。

> 工人在车床旁工作

　　时至今日,生产"飞鸽"自行车的天津自行车厂,却在苦苦挣扎。现在,它的销售额只有鼎盛时期的一半。面对着今天这个自由开放的现代社会,面对着这个需求呈现多样化的市场,如何生存下来,成为天津飞鸽自行车新的奋斗目标,也成为绵延半个多世纪辉煌的中国自行车业的机遇与挑战。

新闻链接

一个时代的记忆——"飞鸽"自行车

　　见证了一个时代辉煌岁月的"飞鸽"自行车有着太多的故事,而每一个故事也构成了那个时代人们的生活,下面引用的这个故事就是其中的一个:

　　"提起爸爸的这辆老式'飞鸽'自行车,那可有说头了。这辆自行车陪伴爸爸度过了 20 个春夏秋冬了。虽然这辆自行车已经很破旧了,但爸爸总也舍不得扔。

　　"爸爸经常在嘴边唠叨,这辆'飞鸽'自行车可给我们家立下了汗马功劳。在我和哥哥小的时候,当时由于家里的经济条件不好,几乎很少坐公共汽车。一有病,爸爸就用自行车前面驮一个,后面驮一个,把我们送到附近的医院去看病。平时,爸爸骑着自行车到场部去买生活用品,有时骑着自行车驮着我和哥哥去走亲访友。那时,家里一直还种着地,爸爸每天驮着妈妈到地里去干活。一回来,爸爸赶紧把这辆自行车推进小房子,害怕我和哥哥把它弄坏了。我和哥哥上小学都是在本连队上的,所以都不用骑自行车。

　　"到了初中,也就是1992年,我和哥哥要到3千米以外的芳草湖一场场部去上学,光靠徒步走,在路上太耽误时间。爸爸当时每天要骑自行车到地里去干活,显然,一辆自行车已经不够用。于是,我和哥哥利用暑假给人家扒打瓜、摘红花、打土块,再加上在学校拾棉花勤工俭学的钱,终于凑够了190元人民币,买回了一辆崭新的"飞鸽"自行车。从此,我们家又有一辆自行车了,每天上学,哥哥驮着我,再也不用徒步走了,当时我心里高兴极了!这辆自行车一直伴随着我和哥哥上完初中。哥哥初中毕业后,由于种种原因不上学了,我仍然继续到农六师芳草湖总场读高中,庆幸的是我再也不用骑自行

> 一排装配好的自行车

车了,每个星期可以坐公共汽车回家一趟。哥哥虽然不上学,但还是要骑自行车去干一些零打碎敲的活,帮助爸爸缓解家里的经济状况。但一次哥哥出去干活,自行车忘锁了,结果被人偷走了。

"从此,爸爸就更加爱惜这辆自行车。没事的时候,爸爸总会用干净的布把它擦得锃亮,时不时地经常给自行车的零件抹上点黄油、紧一紧辐条等。平时自行车内胎坏了,都是爸爸亲手把它修补好。细心的爸爸又给自行车前面装了一个筐子,平时买一些小东西可以放到筐子里,挺实用的。

"以后,我和哥哥都陆续上班了,都有了自己的交通工具——摩托车,家里的经济条件也越来越好,我们都劝爸爸把这辆老式"飞鸽"自行车卖掉算了,给爸爸买一辆电动自行车,爸爸却说什么也不同意。他说,我看还是这辆老式"飞鸽"自行车好使,骑上它我既可以锻炼身体,又可以节约电,多环保呀。

"直到今天,爸爸还留着那辆老式'飞鸽'自行车。"

职员表

编导：马德昌	摄影：靳森杰
摄影：张光浓	剪辑：应 萱
摄影：芦长利	解说：张之光
摄影：王 惠	音乐编辑：李谋济
摄影：石 磊	录音：刘德仁
摄影：张贻彤	音响：周秀清

访周璇

原片解说词

周璇在看画报。

有一天，我们摄影师来到疗养院，访问了著名的电影演员周璇。

> 片头

过去，旧社会摧残了她；现在，新社会使她获得新生。

恢复了健康的周璇常常和老朋友们聚在一起。

2001年，上海西区，新落成的徐家汇公园内保留了原址上的两个建筑，其中一个是大中华橡

> 电影《马路天使》中赵丹拉胡琴

胶厂的烟囱;另一个则是一幢红砖小楼,这里曾经是中国唱片上海公司的前身——上海(EMI)百代公司的所在地。

作为20世纪风流上海的遗迹,中唱的录音室里留下了太多那个时代明星和艺术家的足迹,留下了太多那个时代动听的声音。

而在这些已经堆满时间灰尘的唱片间,有一个声音是如此的甜美、轻柔,却又充满忧伤,让人难以忘怀。她就是20世纪风靡一时、被人们誉为"金嗓子"的电影歌唱明星周璇,而在这些歌声的背后折射出的不仅仅是一位上海滩真正意义上的娱乐巨星,一位少有的传奇偶像,更像是一个弱女子对自己凄凉坎坷身世的不尽倾吐与诉说。

1920年周璇出生在江苏常州一户姓苏的人家,学名苏璞,小名义官。小苏璞3岁时,就被舅父拐卖到今天江苏省金坛县一带,后来被一户姓王的人家收养,改名为王小红。不久,养母改嫁给上海一名姓张的工人,就将小红送给了住在北京东路的一户周姓人家,这样,小红又换了姓,叫周小红。周小红长至七八岁时,周家的家境开始日益贫困。据周璇自己回忆:"那时养母被迫去帮佣度日,那个被鸦片熏黑了肚肠的养父竟丧心病狂要把我卖去妓院当妓女,幸亏养母及时搭救,才免去我一场更大的灾难……后来,日子越来越苦,往往饿着肚子呆呆地坐着,口水直往肚里咽……"

★ 历史检索 ★

1957年10月4日　新华社讯,中国已经建立起一个完整的邮电通讯网,拥有自办局(所)2.38万个,长途电话线路30.6万千米,市内电话容量65.8万门,邮路长度为217万千米。

10月5日　新华社讯,新(新疆叶城)藏(西藏噶大克)公路建成。公路自新疆南部叶城,越昆仑山、冈底斯山,至西藏阿里地区的噶大克,全长1 179千米。

> 电影《马路天使》中的周璇

　　童年的苦难深深地烙印在小周璇的心间，使她的性格变得抑郁、内向、多愁善感。因为常常独自在家，小周旋只能以唱歌来释放自己内心的哀愁。但也就是在这个时期，周璇的歌唱天赋也开始慢慢显露。她在给《万象》杂志写的文章中这样说："我自幼爱听人家唱歌，耳音也好，常常跟着哼，一遍两遍，三遍四遍就能上口了，在学校里，我唱歌的成绩总是第一名。"

　　1932年，年仅12岁的周璇经人介绍加入黎锦晖创办的明月歌舞团习艺。有一次周璇和伙伴们在舞台上表演救国进步歌剧《野玫瑰》，在终场时，小周璇高唱主题曲《民族之光》，一时间所有的人都被她的歌声陶醉了，演出结束后，黎锦晖笑着鼓励她："小红，你这一句'与敌人周旋于沙场之上'唱得真好，是你进剧社以来唱得最好的一句。你正好姓周，以后就改名叫周璇吧！"从此，名不见经传的周璇第一次获得了人们的肯定，而"周璇"这个名字也从此走向了上海滩这个多姿多彩的大舞台。

　　1934年，当时上海几家比较有名的电台联合举办了歌星比赛，结果周璇与白虹、汪曼杰名列三甲。当时的报刊评论她是"新出现的小歌星，前程似锦",电台称誉她的嗓子"如金笛沁入人心"。从此,"金嗓子"便成了她的雅号,那年周璇才只有 14 岁。

此后周璇的演唱与电影表演事业进入了巅峰时期。1937 年"七七"事变前夕,上海艺华公司拍摄了一部《三星伴月》,由周璇担纲主演,并演唱了该片的主题歌《何日君再来》,一时成为家喻户晓的流行歌曲,后来这首歌经过李香兰、邓丽君的翻唱一直经久不衰直到今天。

也就是在这一年,周璇主演了后来被无数影迷所怀念,视为一个时代经典的电影《马路天使》,这部电影是由著名导演袁牧之自编自导,赵丹、周璇共同主演的一部具有深刻的社会思想意义和极高艺术成就的现实主义优秀

> 众人听周璇唱歌

★ *历史检索* ★

1957 年 10 月 15 日 武汉长江大桥建成正式通车,武汉长江大桥是一座公路铁路两用桥,全长 1 670 米,正桥部分为 1 156 米,两岸引桥共 514 米。上层公路路面宽达 18 米,可以并行行使六辆汽车、两侧设有人行道,下层为双线铁路桥。在长江大桥的建设中,工程技术人员第一次采用大型管柱基础和管柱钻孔施工方法,是我国建桥史上的一个创举,为以后各地大桥采用大型管径的管柱基础提供了宝贵经验。

影片,是当时流行的社会问题片的代表作。影片以现实主义的创作手法刻画了生活在社会最底层的妓女、歌女、吹鼓手、报贩、剃头匠、小报摊主等一群有血有肉的艺术形象,真实地表现了他们生活的痛苦和悲惨的命运,具有深切的人文主义关怀。

片中运用活泼的喜剧手法传达了深沉的悲剧性内容,对当时的社会进行了含蓄而又辛辣的嘲讽,其中许多细节处理上的细微变化真切地点燃了人们的情绪,撩动着人们的神经,成为那个时代中国电影艺术发展高峰的标志。

周璇在影片中饰演了虽然生活在社会底层,但却清纯可爱的小红这一女性形象。这一角色经过周璇的本色演出,散发出了独特的气质,征服了一代又一代的观众。而影片中的两首插曲《天涯歌女》和《四季歌》经过周璇本色而真实的演绎也成为她一生演唱过的 200 多首歌曲中最为珍贵的精品而传唱至今。

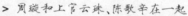
> 周璇和上官云珠、陈歌辛在一起

★历史检索★

1957 年 10 月 25 日　国务院会议通过《关于高等学校和中等专业学校毕业生在见习期间的临时工资待遇的规定》。

> 周璇和赵丹

熟知周璇的人都知道周璇被一些专家评价为典型的感觉派明星,她的表演主要是靠感觉和经验,很多时候都是她自己的自然流露,所以经常会有一些真挚动人的精彩片段出现。可以说她不是靠表演功力以及角色深度取胜的,她有她自己独特的人格魅力。

靠本色表演获得观众青睐的周璇在生活中当然更不会演戏,也不屑演戏了。她在生命的最后几年给朋友的信中这样写道:"……我觉得自己意志不坚定,心又太直,所以害了自己。到今天真是吃足了苦头,一言难尽,不说也罢。"

而在生活中也用本色演出、用本色待人处事的周璇难免会屡屡遇到挫折。在感情世界里,周璇更是一个不幸的人。

严华是周璇的第一个丈夫。虽然他们最终分手,但严华无疑是她最爱的男人。在他身上,周璇寄托了少女最美好的憧憬;在他身上,周璇找到了父亲、兄长、朋友、伴侣等很多种感觉,体验到了最初的爱,不久两人就在北平举行了婚礼,结为了夫妻。

但婚后的快乐并不持久。绯闻使周璇以为严华有了外遇;绯闻又使严华误会妻子另结新欢,冷战之后的吵闹,吵闹过后的周璇选择了毅然出走。双方当事人的不冷静,各种媒体不负责任的对两人的婚变推波助澜,终于使两人的婚姻走上不归路。

经历了婚变的周璇心力交瘁,而这时一个早已围在她身边的叫朱怀德的年轻商人对周璇表现出了更大的殷勤,不但四处奔走为周璇介绍医生治病,而且还时时关心周璇的积蓄,为她经营,使周璇得到了很多收益。

天真的周璇就此动心了,但一生本色的她没有意识到已经落入了别人精心设计的圈套。1949年春末,周璇来到香港后,便与朱怀德同居了,朱怀德当时表示为了不辜负周璇,绝不在海外草率举行婚礼,要等到战争结束后,回到上海隆重举行婚礼。出身凄苦的周璇感到了一种久违的温暖,怀上了朱怀德的孩子,并将全部积蓄都交给朱怀德。没有料到,朱怀德带着钱回到上海后,就如黄鹤般一去再也杳无音讯。

1950年,周璇带着孩子回到上海,经过多方打听找到了朱怀德。谁知朱怀德面对周璇和怀中的孩子,竟问:"这孩子,恐怕和你自己一样,是领来的吧?"

这句令人惊愕和寒心的否认,像一道闪电般划破了周璇对人的信任、希望和幻想。彻骨的寒冷浸透了周璇,在一瞬间周璇丧失了支持她生活下去的所有动力。

当周璇在拍摄她一生的最后一部作品《和平鸽》时,"验血"两个字,突然刺破她脆弱的神经,她绝望而痛苦地哭起来,在惨楚的哭声中不断哀诉:"是你的骨肉,就是你的骨肉!验血!验血!"

周璇被逼疯了,此后整整5年的时间里,周璇一直被囚困在疯狂的世界中,1957年,周璇的病情才得以好转,而在此期间,周璇也终于找到了自己的真爱。

> 周璇在看画报

一直热诚而殷勤地照顾她的唐先生，经过日久相处，与周璇发生了感情，两人结合后生下了一个孩子。而曾与周璇结下过深厚友谊的赵丹和上官云珠也来到周璇所在的医院看望她，在众多好友的围绕中，周璇的心得到了平复，她展开了自己的歌喉演唱起了当年《马路天使》一片中的插曲《天涯歌女》。而就是在这已经没有了当年的柔美，反而带着几许沙哑的嗓音中，周璇仿佛又一次回到了那个属于她的时代，回忆起了自己的似水年华。

但是一生坎坷的周璇注定是不幸的，就在这次她生命中不多的愉快会面后不久，同年的 9 月 22 日，周璇悄然去世了。离开了这个令她收获无数荣誉，却也给她带来了无尽苦难的世界，只留给后人一个凄凉的背影。

新闻链接

把身世之憾留给了孩子们的周璇

周璇一生最大的痛苦是没有找到自己的亲生父母，而这个心结直到她去世也没有了却。

据说周璇在最后弥留之际，还拉住老友的手，用颤抖而低弱的声音，无限凄惨地诉说着一件她至死不忘的心事："我是苦命……一直见不到……亲生……父母!?"

事实是，周璇把她曾经有过的遗憾又带给了她的两个儿子。他们出自不

★ *历史检索* ★ ────────────

1957 年 10 月 28 日　潘自力和李德全分别率领中国政府代表团和红十字会代表团参加在印度新德里举行的第十九届国际红十字大会。

11 月　新华社讯，紫金山天文台自 1955 年以来先后发现紫金 1 号、2 号、3 号、4 号四颗小行星。10 月下旬发现紫金 5 号，11 月中旬发现紫金 6 号小行星。

同的父亲,几十年来一直不和,永无机会坐在一起温暖地回忆关于他们母亲的一切。她离开的时候,他们都在不谙世事的年龄。儿子们各自出过不同版本的有关母亲的回忆录,客观地说,他们对于母亲的了解、欣赏和珍惜恐怕还不及母亲当年的朋友和热爱周璇的观众深切。

只是他们比他们的母亲豁达,他们不再纠缠于自己的父亲究竟是谁,父亲同母亲的感情究竟如何之类永远无法说明白的细节。

作为一个演员,周璇的成功是毋庸置疑的,但她的身世多少让人欷歔。作为女儿,她从来不曾见过自己的亲生父母;作为母亲,她从来也不曾进入过儿子们的现实生活,留给他们的是模糊而遥远的印象;作为女人,她享受过感情生活的甜美,但幸福总是那么短暂,她从来不曾拥有真正的家庭温暖。她的一生从来不曾享受过真正的和美与宁静。在去世之后,关于她的死因和财产又起过不小的纷争。

如果再有一次机会选择的话,不知道周璇是愿意过这绚烂到极致又凄怆到极致的一生呢? 还是愿意做一个小康人家的主妇,活得很长很平淡,过平常的日子,没有不可与人说的烦恼,也没有万众瞩目的荣耀。不知道生命至后期的周璇对于人生会有怎样的感慨。或者,在她有点凌乱的思绪里已经没有了痛苦和欢乐的区别;或者,杰出的艺人如周璇是上天送给人间的一件礼物,她注定了要用短暂来演绎永恒。

随着岁月的流逝,能永恒的永远只能是她的艺术、她的银幕形象和她那甜美而幽怨的歌声。

★ **历史检索** ★ ————————————————

1957 年 12 月 23 日　全国人民代表大会常务委员会第八十八次会议通过,毛泽东主席签署主席令,颁布《中华人民共和国国境卫生检疫条例》。
12 月 29 日　《人民日报》公布,中国今年粮食产量达 3 700 亿公斤。中国第二座铁路、公路两用双层大桥——湘江大桥(位于湖南省衡阳市)举行通车典礼。

职员表

编导：邓葆宸

摄影：顾　雍

摄影：靳敬一

摄影：李坤钱

剪辑：李耐君

解说：刘家燕

音乐编辑：齐惠萍

录音：李进臣

群策群谋除四害

原片解说词

老鼠是最可恨的一害，它不但能吃掉很多粮食，而且还传染疾病、危害健康。

> 片头

在这次"除四害"运动中，为了灭绝鼠患，人们创造了许多工具。

这是张德顺创造的砖压法。

张林制造了笼子和打法。

肖济英大娘用碗扣老鼠，又简单又准确。

赵云和创造了木板砸鼠法。

要给老鼠到处安下陷

> 小孩拿弹弓打麻雀

阱,大家想出各种各样的巧计良谋。

用捕捉和投药的方法相结合,老鼠休想逃命。

一个个老鼠都没能幸免,真是像人们说得那样:[群策群谋办法妙,捕鼠赛过大活猫。]

天罗地网捉麻雀

人们的麻雀布下了天罗地网,让它上天无路、到处无家。

麻雀从树上掉下。

神枪手们在大显本领。

苏子油胶棍更是万无一失。苏子油胶的黏性很大,把它涂在木棍上插在地里,麻雀飞过,就会被牢牢的黏住。

管世华使用这种方法已经很有经验了。

★ **历史检索** ★ ─────────────

1958年1月1日　宝成铁路全线正式通车。全线采用蒸汽机车牵引,正式运营,是中国第一条从陕西宝鸡通往四川成都的铁路,全长668.2千米。它是沟通中国西北与西南的第一条铁路干线。其中,成都至阳平关段由成都铁路局管辖,阳平关至宝鸡段由西安铁路局管辖。

2月8日　四川阿坝藏族自治州茂县地区发生地震。

2月9日　国务院发布《关于工人、职员退休处理的暂行规定》、《关于企业、事业单位和国家机关中普通工和勤杂工的工资待遇的暂行规定》、《关于工人、职员回家探亲的假期和工资待遇的暂行规定》等文件。

> 片头

有名的麻雀常——常德老大爷织的网,只要麻雀撞在上面,翅膀再硬,也逃不了啦。

常老大爷的网,每次可以捉到麻雀二三百只。

我们只要有决心,再接再厉,乘胜追击,一定能全歼"四害"。

　　"社员同志们,消灭麻雀是毛主席、党中央交给咱的政治任务,咱大队要家家户户齐动员,男女老少都上阵,做到人人手里有弹弓,不会使弹弓的就敲铜锣,没有铜锣的就敲脸盆,没有脸盆的你就扯脖子喊,喊,人人都会,是

★ 历史检索 ★

1958 年 2 月 11 日　《汉语拼音方案》由全国人民代表大会通过使用。《方案》在原有汉语拼音方案的基础上,采用拉丁字母,由全国文字改革委员会汉语拼音方案委员会研究制定。1982年国际标准化组织正式承认其为拼写汉语的国际标准。

2 月 9 日~11 日,国务院科学规划委员会在北京召开古籍整理出版规划小组成立大会,中宣部副部长周扬同志作了关于古籍整理出版的方针和做法的重要讲话,各地专家和有关机构负责人百余人参加会议。会议确定了当前古籍整理出版的六个重点:①整理和出版中国古代名著基本读物;②出版重要古籍的集解;③整理和出版总集或丛书;④出版古籍的今译本;⑤重印、影印古籍;⑥整理和出版阅读和研究古籍的工具书。

不？干啥啊？你说干啥？就为了吓唬麻雀那狗东西！大家要记住一条，不让麻雀落地，落树枝上、房檐上也不行，累死那些个糟蹋粮食的小兔崽子！"相信经历过那个年代的人对这种口号式的动员都不会陌生。那些全民动员、兴师动众的火热场景也一定还停留在很多人的记忆之中。政府不遗余力地号召，学者积极撰文论证，普通人纷纷赤膊上阵，这一切都构成了20世纪50年代中国"除四害"的历史画卷。

最早掀起"除四害，讲卫生"的高潮，始于1952年。之所以从那时起把"除四害"提到一个很高的位置，其实与抗美援朝战争有着千丝万缕的联系。当时正值抗美援朝战争的白热化阶段，由于美国一直在常规作战中占不到便宜，为了扭转败局，美国人使用了细菌武器，而且还将这些细菌武器——带毒昆虫也洒落到了我国的东北地区。由于中国当时对生化武器还十分陌

> 老太太用碗扣老鼠

★ **历史检索** ★ ————————————————————

1958年3月　在北京日坛公园西侧建成肿瘤专科医院，名为日坛医院。第一任院长是肿瘤学专家吴桓兴教授。

3月1日　云南昆明铁路同越南有关铁路正式开始国际联运。上海市工商界举行有1.5万人参加的大会，提出全市工商业者要在5年、争取3年内改造成为自食其力的劳动者，并向全国各地工商界倡议，展开友谊竞赛。

> 张德顺创造的砖压法捕鼠

生,为了尽量减少损失,在 1952 年 3 月 14 日的政务院 128 次会议上,决议成立中央防疫委员会,下设办公室;同年底,这个机构改为爱国卫生运动委员会,周恩来任主任,主要领导反细菌战,在全国开展爱国卫生运动。

为了扩大爱国卫生运动的进行,同年 2 月卫生部召开第二届全国卫生行政会议。毛泽东为大会题词:"动员起来,讲究卫生,减少疾病,提高健康水平,粉碎敌人的细菌战争。"这一著名题词在后来的许多医疗卫生杂志、医疗机关及医院的楼顶、墙壁上都使用过。后来随着战争的结束,最后一句"粉碎敌人的细菌战争"被删掉了。但"除四害"这一群众性卫生运动的形式却从此保留下来。

这段影像记录的更为大规模,也最具时代烙印的"除四害"开始于 1958

★ **历史检索** ★ ─────────────────────

1958 年 3 月 9 日   京剧表演艺术家程砚秋在北京逝世。程砚秋(1904—1958),中国京剧表演艺术家,工青衣,"程派"创始人,四大名旦之一。原名承麟,后改"承"为"程"姓,早年艺名程菊农,后更名艳秋,号玉霜。1957 年加入中国共产党。50 年代历任中国戏剧家协会常务理事、中国戏曲研究院副院长等职。代表性剧目有《荒山泪》、《文姬归汉》、《亡蜀鉴》、《窦娥冤》、《锁麟囊》等。著述有《程砚秋文集》、《程砚秋演出剧本选集》等。
3 月 20 日   第一商业部决定降低一些药品、收音机、闹钟、日光灯管的销售价格。

年。这一年的 2 月 12 日,中共中央、国务院发出关于除四害、讲卫生的指示,提出要在 10 年或更短的时间内,完成消灭苍蝇、蚊子、老鼠、麻雀的任务,使我国人民转病弱为强健、转落后为先进。"除四害"运动开始在全国范围内兴起。1958 年是向四害和疾病大进军的第一年。"除四害"运动的第一次高潮是在 1958 年 11 月和 12 月,正是秋收冬种刚结束的农闲期。第二次高潮是在 1959 年 3 月和 4 月春耕备耕时期。主要大的运动是这两次,但整个"除四害"运动持续了四五年。

作为那个年代席卷大地的"大跃进"运动的一个侧影,当年的"除四害"更多的像是在宣泄和表达一种美好的期望与热情,更像是一场声势浩大的人民战争,一次全民的"运动"。到了"运动"开始的第一天,家家户户把家里所有可以响的东西都拿了出来,有铜锣的敲铜锣,有鞭炮的放鞭炮;没有铜锣没有鼓的,就敲面盆、脚桶、火冲盖。有的还把家里烧饭的锅也拿出来敲。人们一边敲、一边高声地叫喊,一股宏大的噪声在大地上空回荡。听到这样的声响,麻雀等鸟儿就无法在树上、屋上、田野上停留,许许多多的麻雀惊慌失措地在天空中上蹿下跳,乱作一团。时间长了,麻雀无力飞翔,从天上掉下来,就算是被逮住了,这是白天抓麻雀的方式。

晚上人们就用绷网的方法在自家屋舍后头的竹园里扣麻雀。在一些老鼠经常出没的地方投放鼠毒,用各种工具诱杀老鼠。人们到山上、田边地角、茅草埂边找老鼠洞。找到老鼠洞以后,先用水灌洞,一般老鼠在灌水后就会逃出来,就能把老鼠扣牢了。万一不跑出来的话,人们还不厌其烦地挖下去,直到把老鼠扣牢为止。有的老鼠洞在土坟下面,有些人为了挖到老鼠,把坟墓挖塌都不顾。

★ 历史检索 ★

1958 年 3 月 22 日　毛泽东提出,要搜集点民歌。"中国诗的出路,第一条民歌,第二条古典"。
1958 年下半年至 1959 年上半年,《诗刊》《文艺报》《文学评论》《人民文学》及各地报刊,展开了对新民歌和新诗形式的讨论。
3 月 28 日～4 月 16 日　第二次少数民族语言文字科学讨论会举行。会议制定了帮助少数民族创制文字的原则,并制定出民族语言文字工作的规划。

> 被网住的麻雀

据各地不完全统计,1958 年全国共捕杀麻雀 2.1 亿余只,上海当年捕鼠 24 万余只,芜湖 22.9 万只,青岛 35.3 万只。全国共 4 400 万只。

这一年的"除四害"运动虽然取得了一定的成绩,但因为决策的不科学性,今天被作为益鸟的麻雀在运动中所剩无几。

在人们还没有为自己这场围剿麻雀的人民战争的胜利高兴多久,更加伟大而不可侵犯的自然规律以十分直接的方式宣告了这场战争中真正的失败者:1959 年春,上海等一些大城市的树木发生了严重的虫灾,有些地方人行道两侧的树木叶子几乎全部被害虫吃光。

也就是在这时,中国科学院实验生物所所长朱洗,中国科学院生理研究所研究员冯德培、张香桐等科学家强烈要求为麻雀"平反"。1959 年 11 月 27 日,中科院党组书记张劲夫就麻雀问题写了一份报告,说:"科学家一般都认为,由于地点、时间的不同,麻雀的益处和害处也不同;有些生物学家倾向于

★ 历史检索 ★ ──────────

1958 年 4 月　文化部调整中华书局等出版社的业务分工,决定以中华书局为主要出版我国古籍的出版社,出版方针和计划受古籍整理出版规划小组指导,为古籍整理出版规划小组办事机构。
6 月　由文学、历史、哲学三个小组分头起草的《整理和出版古籍计划草案》完成,其中文学部分 3 383 种,历史部分 2 095 种,哲学部分 1 313 种,合计 6 791 种。

> 用苏子油胶棍抓麻雀

消灭雀害,而不是消灭麻雀。"

两天后,毛泽东批示:"张劲夫的报告印发各同志。"1960年3月,毛泽东为中共中央起草关于卫生工作的指示,为麻雀平反:"麻雀不要打了,代之以臭虫,口号是'除掉老鼠、臭虫、苍蝇、蚊虫'。"从实际上否定了消灭麻雀的"巨大胜利"。

而当年如火如荼的"灭雀运动"也与那个年代许许多多的太过热情的理想一起渐行渐远,只是在些许文字与图片间留下了它们已经不是非常清晰的印记。

新闻链接

忠实的记录——报纸中的灭雀"鳞爪"

今天再回顾1958年轰轰烈烈的"灭雀"战争,舆论所留下的记录是最为真实、鲜明的,为了更好地还原那段岁月,今天笔者将它们转录于下。

当年的《人民日报》发表的"灭雀"诗:"四月十九,鸡叫起床,英雄人民,

★ **历史检索** ★ ————————————————————

1958年4月1日　中国第一座新石器时代遗址博物馆开放。这座博物馆建立在陕西西安市附近半坡村的一座距约5 000年以前的新石器时代村落遗址上,位于西安市东郊庭河东岸半坡村北,为全国重点文物保护单位。半坡遗址是黄河流域一座比较完整、比较典型的母系氏族公社的村落遗址,是我国珍贵的文化遗产。除建造文物展室外,还在3 000平方米的原始村落居住区盖起保护大厅。半坡遗址中的房屋、地窖、灶坑、男女分葬的集体墓地、各种生产与生活用品等遗迹遗物,向我们生动地展现了6 000多年前处于母系氏族社会繁荣时期的先民生产与生活情况。对研究中国原始社会历史有着重要的科学价值。

摩拳擦掌。城乡内外,战旗飘扬,惊天动地,锣鼓敲响。数百万人,大战一场。成群麻雀,累断翅膀。漫天遍野,天罗地网。树桠屋角,不准躲藏。昼夜不休,张弓放枪。麻雀绝种,万石归仓。"

时任中国科学院院长和中国文联主席的郭沫若所做的《咒麻雀》,发表在 1958 年 4 月 21 日《北京晚报》上:"麻雀麻雀气太官,天塌下来你不管。麻雀麻雀气太阔,吃起米来如风刮。麻雀麻雀气太暮,光是偷懒没事做。麻雀麻雀气太傲,既怕红来又怕闹。麻雀麻雀气太娇,虽有翅膀飞不高。你真是混蛋鸟,五气俱全到处跳。犯下罪恶几千年,今天和你总清算。毒打轰掏齐进攻,最后方使烈火烘。连同武器齐烧空,四害俱无天下同。"

当时任教育部副部长的生物学家周建人(鲁迅之弟),于 1957 年 1 月 18 日在《北京日报》上撰文称:"麻雀为害鸟是无须怀疑的",并批评了那些反对消灭麻雀的人是"自然界的顺民"与"均衡论"者。

1958 年 4 月 20 日《人民日报》的"灭雀"记录:

首都北京 300 万人民总动员。那天,"围剿麻雀总指挥部"派出 30 辆摩托车四处"侦察"。市、区指挥与副指挥等乘车分别

> 有名的麻雀常——常德老大爷用织的网儿捕麻雀

★ 历史检索 ★

1958 年 4 月 2 日　中共中央发出《关于继续加强对残余的私营工业、个体手工业和小商小贩进行社会主义改造的指示》。第二商业部发布关于降低几种主要农药和某些药械零售价格的决定。

4 月 19 日　新华社讯,12 个少数民族在国家帮助下创制和改进了文字。他们是、壮、布依、苗、彝、黎、纳西、傈僳、景颇、哈尼、拉祜、佤佤和傣族。至此,全国 50 多个少数民族中,已有 24 个民族有了文字。

5 月 12 日　中国第一部国产"东风"牌轿车在第一汽车制造厂试制成功。

指挥作战。在天坛"战区",30多个神射手埋伏在歼灭区里,一天之中歼灭麻雀966只,其中累死的占40%。在南苑东铁匠营乡承寿寺生产站的毒饵诱扑区,在2小时内就毒死麻雀400只。宣武区陶然亭一带共出动了2 000名居民围剿麻雀,他们把麻雀哄赶到陶然亭公园的歼灭区和陶然亭游泳池的毒饵区里,消灭麻雀512只。在海淀区玉渊潭四周5千米的范围内,3 000多人从水、旱两路夹攻,把麻雀赶到湖心树上,神枪手驾着小船瞄准射击。

当晚,首都举行了展示"战斗"成果的"胜利大游行",一队队汽车满载着已"灭杀"的麻雀和一批"麻雀俘虏"在长安街上浩浩荡荡地经过,全市人民无不拍手称快。经过一天的"战斗",战果"极为辉煌",据不完全统计,全市共累死、毒死、打死麻雀83 249只。据报道,忙活了一天感到疲惫不堪的首都军民"正在养精蓄锐,好迎接新的一天的战斗"。

1958年12月14日《解放日报》的记录:

上海,12月13日凌晨,"战役"开始,全市10万面彩旗迎风飘扬,楼房顶、弄堂内、马路中、空地上,还有郊县的田野上,到处是人民群众"警惕的眼睛",呐喊声此起彼伏(没想到温文尔雅的上海人打麻雀还是把好手)。市区的公园、墓地、苗圃等处,设有150处"火枪区"。一些市民还接受了使用火枪的专门训练,数百名"火枪手"严阵以待。市郊各县为打麻雀抽调了一半的劳动力组织起"灭雀"大军,披挂上阵。经过一天的"人雀大战",到晚8时,全市共消灭麻雀194 432只。

★ *历史检索* ★ ───────────────────

1958年6月　在南京召开全国精神病防治工作会议。会议决定对精神病患者实行三级管理制度,由卫生、公安、民政三个部门组成精神病防治领导小组,并组织实施;提倡对精神病患者实行开放管理,即不要把精神病患者关闭或关锁在病房内。这次会议对我国精神病学事业的发展起了很大的促进作用。各地通过各部门的协作成效显著,其中以上海、北京、南京、天津、杭州、苏州做得比较好。如上海成立了精神病防治领导小组,办起了多所精神病工疗站,使精神病的复发率下降了3/4以上。外出伤人毁物者也大大减少。

职员表

编导:马德昌	摄影:(苏联)
摄影:李朝仁	剪辑:李耐君
摄影:石 磊	解说:刘家燕
摄影:李坤钱	音乐编辑:刘 才
摄影:曾庆煜	录音:李连城
摄影:周 峰	

东风牌小汽车

原片解说词

第一辆东风牌小汽车在长春第一汽车制造厂诞生了。这辆小汽车骄傲地宣布,我国不能制造小汽车的时代结束了。

> 片头

东风牌小汽车在设计上吸收了许多汽车的优点,样式美观大方,富有民族风格。第一汽车厂祁副厂长在报捷会上向汽车制造者们表示祝贺。

汽车奔驰在宽阔的马路上。今天还只是一辆,而明天我们就会有千万辆的小汽车跑在祖国的广大城市和农村。

> 司机驾驶着东风轿车

在今天的一汽集团红旗文化展馆靠近大门的显赫位置，静静地摆放着一辆老式小轿车，它的车身修长，呈流线型，车头镶有"东风"两个字和由一条金龙雕像，右侧车身镶嵌着"中国第一制造厂"字样，尾灯则是中国传统的宫灯造型。在射灯的金色光线映衬下，这辆美观大方而又极富中国民族特色的汽车，显得熠熠生辉，光彩照人。它就是新中国第一辆小轿车——东风牌小轿车。这辆车的旁边，矗立着毛泽东主席雕像。毛主席神情慈祥，正在会心地微笑，整组雕像浑然一体，仿佛在向人们诉说着50多年前新中国开始自己汽车梦想的激情岁月。

新中国成立前中国几乎没有自己的汽车工业，当时工业最发达的上海地区也仅仅制造一些汽车的简单零部件。可以说新中国的汽车工业就是在这样一片空白的基础上开始了自己将近半个世纪的探索。

时间回溯到1949年12月，毛泽东主席首次访苏，与苏联政府商定由苏联方面全面援助中国建设一个中型卡车制造厂，年产3万辆。1951年初，根

★ *历史检索* ★ ─────────────────────

1958年6月 在四川、湖南、浙江、广东等10个省、区发现和证实了20多个储藏最丰富的煤田。同时，还找到了工业生产急需原料镍、铬、硼、钾等矿藏。

据国务院总理周恩来的指示,确定这家汽车厂在长春的孟家屯车站西北侧地区兴建,而这家汽车厂就是后来赫赫有名的中国第一汽车制造厂。

在短短的 3 年内,汇集起来的成千上万的建设大军就在原本是一片荒原的土地上建立起了中国第一个汽车工业基地。

也就是在工厂建成的同时(1956 年 7 月 15 日),第一批 12 辆仿苏制吉斯 150 型 CA10 型解放牌汽车开下了一汽的总装配线,宣告了中国自己不能制造汽车的历史从此结束。听闻了这个振奋人心的消息,毛泽东也沉浸在喜悦之中,同时他还充满期待地对身边的工作人员说:"什么时候我们开会,

> 东风牌小轿车车头的龙

★ **历史检索** ★ ————————————————

1958 年 6 月 5 日　地方经济建设公债创设。国务院决定自 1959 年起停发国家经济建设公债,同意创设地方经济建设公债,公布《中华人民共和国地方经济建设公债条例》。

6 月 11 日　全国人大民委、中国科学院民族研究所和中央民族学院联合召开全国民族研究工作科学讨论会,讨论确定了民族研究工作跃进规则,确定今后一年内完成全国少数民族社会历史初步调查和编写全国 50 个少数民族的简史、简志和民族自治地方概况三套丛书。

6 月 13 日　文化部委托中国戏剧研究院召开"戏曲表现现代生活座谈会"。会议期间,11 个戏曲团体举行了"现代题材戏曲联合公演"。

> 围观东风轿车的人们

能坐上自己生产的小轿车就好了。"但是因为当时的中国造车技术还处在很低的水平,中国还是没能生产出自己的第一部小型轿车。

　　但也就是从这时开始,一汽人接到了一个全新的任务——试制新中国第一辆小型轿车。当时的车名定为"东风",取自毛主席的政治论段"东风压倒西风"之意。一汽选中了当时的法国希姆卡牌中级轿车作为仿造对象,车

★历史检索★—————————————————————

1958年6月20日　苏联科学院全体会议选举中国科学院院长郭沫若为苏联科学院历史科学院士,副院长李四光当选为地质地理科学院士。全国林业厅局长会议最近在北京举行。会议决定在第二个五年计划期间造林18亿亩。

6月28日　上海广慈医院抢救一位被铁水烫伤面积达89.3％的炼钢工人丘财康成功。创造了世界医学史上治疗大面积烫伤的奇迹。

> 车子开在街道上

内结构不变,发动机则采用了德国奔驰190型,而车身完全由自己设计。

　　东风轿车的车标被设计成中国的象征——龙。为了找到合适的龙的图案,当时的设计者拿着相机,跑遍了北京故宫、颐和园和北海等古迹,还求教过中央工艺美术学院专家。最后选定人们都喜闻乐见的普通的龙的形象。同时,确定将"第一汽车制造厂"的立体字样放在车右侧,车头则放上"东风"两个字。尾灯则选用具有民族传统特色的宫灯型。在制作汽车模型时选用了画彩色效果图的工艺,之后,按图做成一个1:5的模型,再进一步按图做成一个1:1的模型,然后再根据模型画出试制图。最后,根据试制图用手工敲出

★ 历史检索 ★

1958年7月1日　北京十三陵水库落成。15万人在工地举行盛大庆祝集会。北京市市长彭真在水库落成典礼大会上说:"我们的人民解放军是这次建设工程的主力,他们不仅是战斗中的英雄,也是劳动中的模范,社会主义建设中的模范。"十三陵水库从开工到竣工,先后有40万人参加劳动,其中部队出动11.5万人,完成土石方工程的45%。
7月17日　黄河发生历史上罕见的特大洪水,冲断郑州黄河大桥,京广铁路中断。8月2日修复通车。

> 方向盘

了第一辆样车。

经过艰苦地研制，1958年5月12日，东风牌样车终于成功问世。该车是四门六座的中级轿车，装有直列四缸顶置式高速发动机，三档机械变速箱，最大马力70匹，最高时速128公里。

不久，作为向中共"八大"献礼轿车，东风牌小轿车被送往北京中南海怀仁堂。当毛主席看到这辆车后，喜悦之情溢于言表。他乘兴跟林伯渠坐着车绕着花园试乘了一圈，下车后他兴奋地说："太好了！终于坐上我们自己造的小轿车了！"于是也就有了我们在本文开始看到的那具有历史意义的一幕。而"东风"小轿车作为我国第一部自主生产的小型轿车也永久地记录在新中国汽车发展史上。

也正是在"东风"小轿车的基础上，从1958年8月起，一汽人又开始了他们壮丽而伟大的探索，并最终成功制造了我国自主研发的高级轿车——"红旗"。

★ 历史检索 ★

1958年8月1日　第一届全国曲艺会演在北京举行，共进行了95场演出。来自全国各地90个曲种的167个节目参加了会演。大会交流了曲艺改革工作的经验，对于各地健全曲艺团队组织、培养学员、收集整理传统曲目起了重要的作用，在一定程度上推动了曲艺事业的发展。

> 第一汽车厂祁副厂长在报捷会上向汽车制造者们表示祝贺

新闻链接

"龙凤呈祥"——与"东风"齐名的"凤凰"牌轿车

在 1958 年一汽成功制造出第一辆"东风"小轿车的同时,在中国的上海汽车装配厂,第一辆"凤凰"牌轿车也于同年 9 月 28 日诞生。当时,经过 1956

★ 历史检索 ★

1958 年 9 月 2 日　中央电视台正式开播。每周播出 4 次,每次 2~3 小时。这时中央电视台的发射半径只有 25 公里,全北京市只有 30 多台电视接收机。但是,北京地区上空的电视节目讯号表明:中国自力更生在首都创建了全国第一座电视台——中华人民共和国国家电视台。中央电视台的建立标志着中国电视事业的起步。以后,全国各省、市、自治区也相继建立了电视台。

9 月 8 日　新华社讯,中国东北地区第一座巨型水利枢纽——大伙房水库最近落成并开闸放水。水库大坝长 1 370 米,可蓄水 20 亿立方米。

年全行业公私合营高潮,生产关系的变革极大地促进了生产力的发展。上海汽车装配厂的广大汽车工人真正成为企业的主人后,迫切要求改变汽车工业的落后生产面貌,决心结束上海不能制造轿车的历史。当时上海汽车装配厂职工一是由于有着上述迫切愿望;二是已经取得了于1956年试制成功58型越野车和1957年试制成功上海58 I型三轮汽车的经验。该厂领导接受了广大职工试制轿车的迫切要求,决定试制轿车。但是试制轿车,由于技术要求高,技术装备不足,场地简陋,又缺乏经验,把握不是很大,因此采取了悄悄地"埋头造车"。经过厂领导、工程技术人员、有经验的老工人共同研究选型,决定以华沙和顺风两种轿车为样车,各取其长,按实样进行仿制。车身采用无大梁结构,发动机采用南京汽车厂的仿制苏联胜利牌 M-20 型四缸发动机,功率为 50 马力,底座仿华沙轿车,车身外形仿顺风轿车。在试制过程中,

> 东风车头

★历史检索★ ————————————————————

1958年9月16日 中国青年钢琴家李名强在布加勒斯特举行的乔治·埃奈斯库第一届国际音乐比赛会上获得钢琴比赛第一名。李名强是在击败了19个国家的53名青年钢琴家后获得第一名的,是第一个在国际钢琴比赛中夺魁的中国青年钢琴家。

主要靠手工技术和在普通机床上搞革新进行零件切削加工,部分部件用越野车部件加以改用。整个车身制造全由手工敲制,仅一个车顶要敲四万多下,整个车壳要敲十万多下。就这样,工人们凭着精湛的手艺,经过4个月的努力,第一辆银绿色的轿车于1958年9月28日诞生。经过试车,测得最高时速可达105公里。

第一辆轿车试制成功后,经广泛征求意见,总感到不够满意。原因是华沙牌轿车是一般轿车,让首长坐这种车,与苏制吉姆牌轿车相比,还是相形见绌。经过研究,决定作第二辆的试制。第二辆轿车的发动机采用南京汽车厂的仿制苏联嘎斯51型发动机,功率为70马力,底盘和后桥也用跃进牌加以改制,风窗玻璃采用有机玻璃,车身外形仿吉姆轿车,要比第一辆宽大,车身外壳颜色为黑色。正在第二辆轿车试制过程中,上级公司上海市动力机械制造公司王公道经理来厂视察,看了试制情况和听取厂里汇报,表示积极支持,从此该厂从闭门试制走向开门试制。这第二辆轿车经过该厂职工艰苦努力,于1959年1月初试造成功。

这两辆轿车试造成功后,由于与一汽的"东风"小轿车同时下线,厂长何介轩自然而然地想到长春第一汽车厂的东风牌轿车,在车辆发动机前端装了一条龙,上海的轿车何不以凤为配对呢?因此决定在车辆发动机前端装上一只凤,并取名为"凤凰牌",含有一南一北,"龙凤呈祥"的意思。在这两辆轿

★ **历史检索** ★
────────────────

1958年9月25日　由中华全国自然科学专门学会联合会和中华全国科学技术普及协会合并组成的中国科学技术协会在北京成立,参加大会的有42个全国性自然科学专门学会和27个省、市、自治区的代表,共计1 084人。大会由李四光致开幕词;聂荣臻代表中共中央和国务院在会上作了题为《我国科学技术工作发展的道路》的报告;全国科联副主席侯德榜作了《关于科联会务的报告》,全国科普副主席丁西林作了《关于科普会务的报告》。大会选举了中国科协第一届全国委员会委员150名(西藏保留1名),推举了主席李四光,副主席梁希、侯德榜、竺可桢、吴有训、丁西林、茅以升、方毅、范长江、丁颖、黄家驷。

车试造成功后，由公司经理王公道带队向市领导作了报告。当时的上海市副市长曹荻秋等观看了轿车，还乘上轿车沿上海工业展览馆跑了一圈，并勉励说"这很好，以后我们要坐自己制造的轿车"。

在1月中旬，这两辆轿车运抵北京。1959年2月15日上午9时多，第一辆银绿色的凤凰牌轿车驶进中南海，受到了周恩来总理的检阅。周总理兴致勃勃坐上轿车绕着中南海兜了一圈，下车后，周总理语重心长地笑着说："还是水平问题啊！"

虽然对当时生产的这辆小轿车不太满意，但是周总理在试坐后，还是高兴地和驾驶员乐根解同志在轿车前一起合影留念。而"凤凰"小轿车也与"东风"小轿车一起成为后来中国小型轿车的鼻祖，成为整个中国汽车轿车制造业的开端。

★ **历史检索** ★ ────────────────────────────

1958年10月　中国戏剧家协会主编的《地方戏曲集成》开始分卷出版。

10月3日　《人民日报》发表毛泽东的《送瘟神二首》。称赞江西江县消灭血吸虫。

11月27日　由苏联设计、中国制造的排水量为22 100吨、载货量为1.34万吨的远洋货轮"跃进号"在大连港下水。

12月6日　全国地方博物馆、革命纪念馆馆长会议最近在南昌举行。会议着重研究如何开展革命文物的征集、展览工作以及革命遗址、遗迹、纪念建筑物的调查、保护和恢复工作。

职员表

编导:肖树琴

解说:史　光

音乐编辑:萧　远

录音:季良莞

摄影:张贻彤

摄影:张长根

摄影:左耀东

摄影:曲宗珊

有轨电车行驶

原片解说词

3月9日,这一天大雪纷飞,有轨电车照样地跑着,可是今天是最后一天了。

> 片头

最后的乘客走下最后的一班车,有轨电车开进车库,结束了它在北京内城行驶了35年的历史。

拆除旧的,架设新的,从此北京城内可以减轻嘈杂的声音,路石将是平整的。

人民政府为新开辟的线路,准备了不少的无轨

> 无轨电车

电车和公共汽车。

几百年来，古老的北京城，从春天到冬天，又从冬天到春天，它的变化是很慢的，而新中国成立后的十年来，它的变化却是一日千里。

　　2008 年 5 月 10 日，作为恢复前门历史文化商业街的重要项目，已经沉寂了近半个世纪的有轨电车即将在前门重新开始它的旅程。北京人记忆深处的"铛铛"声也即将重新在现实中再次响起。

　　北京的有轨电车最早始于 1924 年。当年的 12 月 17 日，当时刚刚成立的电车公司在今天的天安门南侧举行有轨电车开通典礼，据当时的北京《晨报》报道："典礼毕，有中外来宾数百人，分乘八辆花车(彩车)以天安门为起点

★ **历史检索** ★ ──────────────────

1959 年 1 月 1 日　湖南湘潭电机厂试制成功中国第一台 138 吨交流电力机车。

1 月 15 日　"第二届全国艺术摄影展览"在北京美术展览馆开幕。

经东单、东四、北新桥，过后门、太平仓，经西四、西单至天安门绕行一周。下午2时起，除8辆花车外，另加4辆普通车，共12辆车，绕行全线，车上乘客异常拥挤，沿途观者亦人山人海。"

典礼后的第二天北京城内第一路有轨电车正式售票通车，月底第二路相继通车。以后渐次三、四、五路陆续通车，各路线起止及里程如下：第一路，由前门经西单牌楼、西四牌楼至西直门。第二路，由前门经东单牌楼，东四牌楼至北新桥。第三路，由北新桥经鼓楼、地安门、皇城根至太平仓。第四路，由崇文门经东单牌楼、西单牌楼至宣武门。第五路，由东四牌楼经东单牌楼、西单牌楼、西四牌楼至西直门。1925年9月前门至天桥一段通车，第一、第二路由前门延长至天桥。1930年7月开通第六路，由崇文门经磁器口、珠市口、虎坊桥至和平门，1943年1月改通菜市口、虎坊桥至和平门停驶。1938年1月，天桥至永定门一段轨道勉强竣工通车，辟六路支线，由崇文门经珠市口至永定门，称新六路。

> 挂无轨电车车牌

> 乘务员在打扫无轨电车

　　此后，由于时局的动荡，直到北京解放再未增铺轨道，电车路线虽作过几次调整，但都没有开辟新线。

　　有轨电车的落后不仅仅体现在电车线路的缺失上，当时的电车型号也非常落后，质量低劣，使用起来很不方便，且极易损坏。车身是木质结构的，还要司机手闸制动。夏天用铁栅门，冬天用双折木门，乘客稍挤便不易关闭，车底盘变形，电器设备密封差，经常受水毁坏。大雨行车时，因马路积水，许多车的电机线圈因溅水而烧毁。车轴两端极易磨损，须经常电焊修补。更严

★ **历史检索** ★ ─────────────────────────────

1959年3月2日　煤炭工业部和中央人民广播电台联合举办"全国煤矿职工红旗竞赛广播大会"。

3月12日　中国第二中心图书馆在上海成立，包括4个单位(上海图书馆、上海交大图书馆、复旦大学图书馆、上海第一医学院图书馆)。

3月24日　全国美协副主席蔡若虹、常务理事王朝闻出席了在莫斯科举行的为期3天的"社会主义国家造型艺术展览会"讨论会，并在会上发了言。

> 工人在拆电车铁轨

重的是仅使用 3 年后,竟有 40 辆车的车轴被磨断。平时坏车 50%,最严重时坏车80%,直到 1949 年北京解放前仅剩 49 辆车能维持运营。

坏车多、出车少,造成行车间隔大,不能满足乘客需要,常常是久等无车。当时有一首打油诗"站台等车二三时,两眼望穿脖梗直,为省六七角钱,如似婴儿盼奶吃",可见等车之艰难。车站上候车的人摩肩接踵,翘首以待。每当车一到站,乘客蜂拥而上,你推我挤,叫嚷声、咒骂声响成一片。有的乘客长时间等候而上不了车,怨声载道扒住车门不放,拥挤不堪,使电车无法开行。即便勉强离站,仍有人追逐攀爬。当时各路行驶的电车上,常有人攀附在车尾或侧立于车门外,人称"挂票"。电车长期超员负载以及人为的毁坏,加速了车辆的破残,反过来又导致乘客拥挤更甚。

最难的还属司机、售票,当时叫司机生、售票生,俗称"开车的","卖票的",有轨电车司机是站着开车,左手握启动电闸把,右手持刹车闸把。要停车时紧摇闸把,脚踩车铃,车行驶途中还要报站名。到站后手推开车门,收验乘客车票，关门挂好门钩，车满员时要悬挂客满标志牌。再站到开车的位置等售票生发信号开车，用手闸刹车稍不留神，胸部和肋部就有被铁闸把打伤的危险，轻者歇工，重者丧命。

到新中国成立前夕，由于无力偿还银行的贷款，有轨电车公司面临着倒闭的窘境。在北京已经行驶了将近四十几个年头的有轨电车也仿佛走到了末路。

新中国成立以后，有轨电车与中国社会一同得到了新生。到 1957 年，车辆激增到了 250 辆，年运送乘客 1.5 亿人次。在新中国成立初期，为交通运输作出了很大贡献。但因为有轨电车存在着速度慢，运营路线受轨道限制等

> 电车的背影

★ 历史检索 ★ ────────────────────────

1959 年 4 月　中国医科大学成立行政管理机构，设校长办公室、人事处、教务处、医院工作处、科学研究处、生产劳动处、总务处。9 月，学校再次成立公共卫生学系，设 7 个教研组。
4 月 1 日　北京——平壤国际航线正式通航。

难以克服的缺点,所以它对城市发展起的阻碍作用逐渐显现出来。1957年以后,为了发展城市交通,无轨电车开始崭露头角,这也就宣告了有轨电车一步步退出了历史舞台。1956年10月7日,北京第一辆无轨电车"北京一型"试车成功。1957年2月26日,第一条无轨电车线路阜成门至北池子通车,从此无轨电车逐渐成为城市运输的主力。

1966年5月6日,北京最后一条从永定门火车站到北京体育馆的有轨电车线路停驶。曾经风光一时的有轨电车不可避免地逝去了,但也就是从那时起,浓缩着历史余音的"铛铛"声,时常回荡在人们心中。

近年来,因为环保和城市公交运输效率的要求,人们又逐渐重视轨道交通的积极意义,有轨电车便利、顺畅、准点和环保节能等优点是燃油汽车所无法相比的,同时有轨电车又承载着各国不同的历史痕迹,蕴含着深厚的文化意义。于是人们开始重新认识有轨电车。不久前,瑞士日内瓦正式启用了一条有轨电车轨道,苏黎世、伯尔尼、巴塞尔等瑞士城市的有轨电车轨道纷纷重新运营。在法国的巴黎、里昂、斯特拉斯堡、南特、卢昂、格勒诺布尔等地以及德国和荷兰的一些城市,有轨电车又重新开通。借鉴全世界的经验,随

> 电车行驶

> 有轨电车在雪中开来

着北京政府规划的翻新,观光游览有轨电车在前门大街开行,这一古老与时尚完美结合的产物终于得以再现当年老北京多彩的人文景观。

新闻链接

深入京城人生活的有轨电车

在北京存在了40余年的有轨电车,对北京人的生活和北京的城市文化产生了深刻的影响。举例来说,因为电车顶上的接线设备和电车行驶中发出的声音,所以老百姓才管有轨电车叫"摩电车"或"铛铛车"。

若干年前的北京俗语中还有一句歇后语叫做"老太太上电车——你先别吹!"这是因为以前有轨电车每到一站停下,乘客上车以后,售票员要吹哨通知前面的司机开车。而有轨电车将开时,要是有老太太从后面赶来,要招呼售票员先别吹哨。后来这句歇后语被转用于讽刺爱"吹牛"的人。现代北京俗语中还有一个词儿叫做"有料"、"没料",其意是"有钱没钱",这句俗语只使用于北京，它更直接来源于老北京的有轨电车票。在日伪时期的电车票上，印有"有料"字样，这是日文单词，汉语是"收费"的意思，"有料换车票"就是收费的电车票。既然有"有料"车票，自然还有"无料"车票。当时，日伪政府规定日本军警、宪兵等有免费乘车的特权，专门发给他们免费车票。实际上，这种票也形同虚设，因为司售人员根本不敢查他们的票。

　　而这一类几十年前的电车票，而今已经成为收藏市场上特殊的藏品。

★ 历史检索 ★

1959 年 4 月 17 日　全国人大第二届会议、全国政协第三届会议在北京开幕。人大二届会议选举刘少奇为中华人民共和国主席，宋庆龄、董必武为副主席，朱德为人大常委会委员长，周恩来为国务院总理。由文化部、全国美协举办的"全图书籍装帧插图展览会"在北京美术展览馆开幕，共展出 800 余件作品，至 30 日结束。

职员表

摄影:舒世俊	音响:陈淦秀
摄影:韩冈智	美工:李种耘
编导:肖树琴	摄影:冯伯九
剪辑:卓 玛	摄影:刘 申
解说:刘家燕	摄影:梁俊杰
音乐编辑:范 朋	摄影:王兴华
录音:黄宝泉	

太监的晚年

原片解说词

这些出身穷苦的老年人,都是带着封建王朝统治最残酷烙印的太监,现在在人民政府的关怀下,他们过着安宁而幸福的晚年生活。

有时他们也到故宫去看看,在这里,他们曾经度过漫长的低声下气、战战兢兢的奴才岁月;在这里,他们度过了苦闷而羞辱的半生。现在这些旧中国历史上最后一代的太监,却跟随着伟大时代的脚步进入了新的生活。

> 片头

> 太监们在太和殿前游览

  距今300年前的北京城。每当夜幕降临，紫禁城也悄然寂静下来的时候，宫中的层层朱门开始关闭，这时一阵阵悠长的喊声在空中回荡——"下斤两，下斤两"，那是宫中的太监们在招呼关闭各宫宫门。在这层层宫门之后，除了皇帝和他未成年的儿子，唯一获准能在这里过夜的男人，只有这些正在忙碌工作的太监。

  太监也称宦官，通常是指中国古代被阉割后失去性能力而成为不男不女的中性人，他们是专供皇帝、君主及其家族役使的官员，又称寺人、阉(奄)人、阉官、宦者、中官、内官、内臣、内侍、内监等。今天为人们所熟知的太监一般都是明清之际的，其实太监作为封建皇权的附属产物很早就已经产生了。据记载，最早的宦官体制开始于东汉，《后汉书·宦者列传序》中记载有"宦官

★ **历史检索** ★

1959年5月7日 在浙江省嘉兴县马家浜发掘出一处新石器早期遗址。在约15 000平方米的遗址中，发现了大量的兽骨和狩猎工具。这一遗址被命名为"马家浜遗址"。

悉用阉人,不复杂调它士"等文字记录了这一史实。

"太监"一词的产生是在隋唐以后,但这个名号一般的太监是不能冒用的,只有享有地位较高的内监才能被称为"太监"。唐高宗时,改殿中省为中御府,以宦官充任太监,少监。自此后宦官也被通称为太监。

设立宦官最直接的原因是由于在皇宫内廷,上自皇太后、太妃、皇后,下至嫔妃宫女等,女人很多,如果允许男侍出入,就难免会发生秽乱宫帷的事。为了维护至高无上的皇权,其他成年男性是绝不允许在宫内当差的。

而这其中更为深层次的原因是封建王权统治的需要,因为封建帝王是

> 太监们在故宫游览.

★ 历史检索 ★

1959年5月29日　经苏联科学院主席团评选,授予李四光"卡尔宾斯基金质奖章"。同年12月6日,李四光收到苏联尼古拉也夫教授等的贺信,信中说:"热烈地向您祝贺这一应得的奖赏。同时,非常高兴地感到,苏联地质界对您的崇高工作和在中国创建的地质科学经验,作出了公正的总结。这些经验已远远超过国家的界限而为全世界所共知。"苏联克鲁泡特金教授在《自然》杂志上撰文,介绍了李四光在地质科学上的成就。

> 解放后的故宫

世袭的，每一个皇帝都唯恐他人篡夺自己的皇位。皇帝虽然依靠文武外官管理帝国，但同时又猜忌这些人有外心，想要推翻自己，这样他的帝位就不能传之于后世了；反而是这些每天朝夕侍候在自己身边，百依百顺、出身低下又没有后代的内官太监更令他们感到可靠。而宦官则往往利用在宫廷中的这种特殊地位，依仗皇帝的庇护攫取极大的权力。在我国封建社会历史上，宦官专权曾演出了一幕幕祸国殃民的惨剧，其中尤以明代为最甚。

明初太祖朱元璋鉴于前朝太监乱政的教训，对宦官管理较严，规定宦官

★ **历史检索** ★

1959年6月6日　由卫生部所属的北京市妇幼保健实验院，改建为北京妇产医院，是一所以临床医疗、保健为主，诊治妇产科常见病、多发病为特点和妇产科疑难病症为重点的医、教、研、防、保健相结合的医院。著名妇产科专家林巧稚是首任院长。

7月3日　上海《文汇报》编辑部邀请上海部分山水画家贺天健、樊少云、沈迈士等座谈"如何创作新的山水画"。北京中国画院副院长、北京中国画研究会副会长于非闇在北京逝世，享年71岁。代表作有《玉兰黄鹂》、《红杏山鹧》、《和平鸽》等，著有《我怎样画工笔花鸟画》、《中国画颜色的研究》、《都门养鸽记》、《都门艺菊记》、《于非闇工笔花鸟画选》等。

> 太监在说笑

不得识字,压低宦官官阶,禁止其兼外臣的文武职衔,并悬铁牌于宫门上,明示不许干政的警戒。

但是到了明成祖永乐皇帝时,朱元璋的明令训诫就开始松动了。因为永乐帝是以藩王起兵夺取皇位,并曾得到宦官的支持,即位后很多朝臣从内心中认为他不是正统,所以反对派多,为了制衡朝臣的权利,作为内官的太监开始受到重用,有了"出使、专征、监军、分镇、刺臣民隐事诸大权"。

明宣宗即位后,怕他的叔父朱高煦步明成祖的后尘夺位,对大臣防范更严。同时由于政务繁多,对宦官的依靠也愈深。也正是从明宣宗开始,明朝的太监正式攫取了参政大权。宣宗给予了太监以下权利:在司礼监任职的秉笔太监,可以根据内阁所拟字样,按皇帝的旨意,用朱笔批行,称"批红"。

★ *历史检索* ★

1959年7月6日　山东医学院附属医院制成了人工喉,使失去喉头的人恢复说话能力。中国人民解放军第一支地对地导弹部队组成。
7月7日　中国男女混合登山队 33 名运动员登上海拔 7 546 米的慕士塔格峰,创造了集体安全登上海拔 7 500 米以上高山人数最多的世界纪录。

> 太监们在闲读

同时废除祖禁，首次在宫中设内书堂，派大学士教习年幼的宦官。从此宦官多通文墨、晓古今。但由于明宣宗比较勤政，对宦官约束较严，宦官还不敢专横跋扈。

但是自宣德后的明朝皇帝大都昏庸无能，或耽于玩乐，这也就造成了太监权力的无限放大，而太监专权的局面也一直延续到明朝灭亡。成化十三年(1477)在东厂外另设西厂，以宦官任提督，加强特务统治。此外，宦官任职机构也极度膨胀，宫廷中设有司礼、内官、御用、司设、御马等12监。惜薪、钟鼓、宝钞、混堂等4司及兵仗、银作等8局，也就是后来我们所熟知的二十四衙门，各设专职掌印太监。宦官人数激增，至明末多达数万之众。英宗时，掌权宦官王振网罗部分官僚为党羽，形成阉党，开明代宦官专政先声。此后，宦官之祸迭起。成化年间的汪直、武宗时期的刘瑾、熹宗时期的魏忠贤等，都成为了权倾朝野、势力显赫的权宦。他们专横跋扈、排斥异己、巧取豪夺、屡兴大狱，加剧了明朝政治上的腐败，给人民带来无穷灾难。

★ **历史检索** ★ ────────────────

1959年7月16日　全国中医经络、针灸学术座谈会在上海举行。座谈会探讨了经络学和针灸治疗工作的方向等问题。

8月2日　杨之光的国画"雪夜送饭"、蒋正鸿的木刻《新城市》获得"第七届世界青年联欢节国际展览会"美术作品评奖的金质奖。

> 太监在说笑

太监制度最终成为了明王朝的心腹大患,以至于明末李自成进京前,偌大一个明帝国的国库存银却已经不到 4 000 两。而权监魏忠贤被抄时,居然抄出白银千万两,珍宝无数,以致崇祯多次痛心疾首地怒斥太监们:"将我祖宗积蓄贮库传国异宝金银等,盗窃一空。"

但是,宫内十万太监并不是都能一步登天的。作为封建皇权附属物的另一个更为黑暗的角落,很多紫禁城内的下层太监,终日辛苦劳动,到暮年离开皇宫,也没有机会见到皇帝;而太监受污辱、被损害乃至折磨而死的事,也会时常发生。

这些怀揣着攀龙附凤幻想的太监大多都是穷苦农民的孩子,他们的父母为生活所迫,便将他们送入宫中。当时这些人主要来自今天河北省的青县、静海、河间、大城、南皮、任丘、涿县以及今天北京郊区的昌平、平谷、大兴、宛平等地。

而宫内多如牛毛的清规戒律对于大多数底层太监来说,则更像是一个个镣铐,稍不留神就会受到惩罚,甚至因此丧命。

把太监关起来为马铡草,是当时宫内处罚太监的一个重要手段。瓮山也就是今天的颐和园万寿山,过去竟然就是关押太监的一个重要场所。从清代康熙三十年(1691)开始,犯了罪的太监被发往瓮山的马棚。以后,这里就成为了底层太监的监狱。

很多太监对宫中的生活忍无可忍时,便想方设法逃跑。这种逃跑现象在封建社会即将崩溃的晚清时期十分普遍。据统计,光绪二十六年正月至七月,逃跑太监多达233人。当初,这些人为了进这里,冒着生命危险、忍受巨大的痛苦,不惜残害自己的身体;现在,他们却又要不顾一切地跑出去。清代保甲制度森严,对于从宫中逃跑的太监抓得很厉害,许多太监刚逃出宫便被抓回,抓回来便是一顿毒打。

更可悲的是,很多太监的这种逃跑往往很盲目,逃出宫后,才发觉自己什么生活技能也没有,不能适应社会生活,加上自己生理上的显著特征,很容易被人识破。跑来跑去,只得又跑回宫中。他们最终发现,除了做太监,在这个世界上没有别的生路。

由于忍受不了宫内的生活,很多太监甚至选择了自杀。乾隆四十七年(1782)十一月,年过七十的御药房老太监李昆得了重病,向首领太监请假出宫找个地方养病,被首领太监拒绝。他病痛难忍,又不敢逃跑,便在当夜用刀自尽了。

也许只有从肉体上消灭自己,生活在这座宫殿里最底层的太监们才能从精神上获得彻底解脱。

随着最后一个封建王朝清朝的灭亡,太监制度,这个专制皇权制度下衍生出的丑恶而畸形的社会"怪胎",也永远被埋葬在历史中了。而活下来的太监们也就此成为了一个时代的侧影。

★ **历史检索** ★ ────────────────────

1959年8月14日　上海市文史馆馆长、出版家张元济(1867—1959)在上海逝世。他精于版本目录之学,又密于检查,所著《涵芬楼烬余书录》、《宝礼堂宋本书录》、《涉园序跋集录》集近代目录体例之长,又检录綦详,已成为现在古籍鉴定援引例证之一。此外,还著有《校史随笔》、《张元济日记》、《张元济书札》、《张元济傅增湘论书尺牍》。

新闻链接

中国最后一个太监

我们今天熟知的太监形象一般都是权倾朝野、为虎作伥的权监。但是也有很多不为我们所知的、生活在社会底层的太监，他们的一生则更像是苦难的化身。

1996年，新华社发了一个消息，说中国最后一个太监孙耀庭离开了人世。他所捐献的遗物，也成了宦官文化陈列馆的重要藏品。

孙耀庭生前是天津市静海县人。过去静海县很穷，如同很多的穷人一样，抱着想出头的念头，他选择了进宫当太监这条"捷径"。他在进宫之前就已经净了身，动手的是他的父亲。孙家以为只有这样才能给孙耀庭带来活路。

1916年，清逊帝溥仪公然在民间征太监，孙耀庭通过一个名叫任德祥的人介绍，终于进了宫。

一路下来很是"走运"，孙耀庭最终被提拔到侍候溥仪的皇后婉容。但事与愿违，1924年直奉战争爆发，孙耀庭和主人一起被赶出了皇宫，他也因此提前结束了太监生涯。

当了8年底层太监，孙耀庭除了会伺候人之外，一无所长。而这些功夫在农村是讨不到饭吃的，只能靠兄弟救济糊口。

2年后，孙耀庭回到北京，住进了北长街的兴隆寺，这里有40多个同命运的太监。孙耀庭整日出入大街小巷，靠捡煤渣、废品谋生。虽然艰难，但他

★ 历史检索 ★

1959年8月22日　山东医学院附属医院耳鼻喉科主任孙鸿泉教授成功地从患者傅建义的头颅中取出一个鸡蛋大小的细胞瘤。

自己觉得这里没有乡下那些歧视的眼光,感觉自己活得更像个人样。

新中国成立后,人民政府开始发给太监们每人每月16元的生活费。不久,孙耀庭参加了工作,负责管理寺庙。他曾当过6年的出纳。那时,他每月的工资是35元,后来,他的工资加到45元。

1996年,孙耀庭96岁,寿终正寝,结束了自己的一生。

★ *历史检索* ★

1959年8月31日　北京工人体育场在北京东郊建成,由一个中心运动场和游泳馆游泳池及工人体育馆组成。北京工人体育场是当时我国最大的一座综合性体育场,占地35公顷,建筑面积8万多平方米。1959年10月13日,第一届全国运动会在这里举行。作为新中国体育事业发展的历史见证,它曾经承办过许多国际、国内大型体育比赛。在第十一届亚运会上,它作为主会场和足球决赛场,已被载入亚运会史册。

职员表

摄影:舒世俊	音响:陈淦秀
摄影:韩冈智	美工:李种耘
编导:肖树琴	摄影:冯伯九
剪辑:卓 玛	摄影:刘 申
解说:刘家燕	摄影:梁俊杰
音乐编辑:范 朋	摄影:王兴华
录音:黄宝泉	

红旗牌轿车

原片解说词

这种轿车不仅外形美观大方,还采用现代高级轿车的新技术,拥有乘坐舒适、保证行车运转柔和、操纵轻便等许多新式设备。每小时最快速度为160公里。

这是我国汽车制造者在今年继续跃进中,高举总路线红旗,大搞群众运动,攀登汽车工业技术尖端所取得的新成就。

红旗,是国人心目中革命、神圣、崇高的代名

> 片头

> 司机在驾驶红旗轿车

词,而被赋予了这个名字的我国自主生产的第一辆高级轿车,也确实包含了太多的悲壮与自豪、光荣与梦想的复杂情感。在追溯红旗轿车诞生的历史时,不禁让人平添了一些欷歔与感慨。

作为新中国历史上的第一辆"国车",红旗和那个时代涌现的很多中国自主生产的工业品一样,是从艰难的环境中一路走来的。

由于中国近代以来工业的基础十分落后,所以在1958年,新中国建国已经8周年的时候,中国人却还没有造出一辆属于自己的汽车。当时街上跑的几乎全是外国的汽车,人们形象地把当时这种情况比喻为"万国汽车展览会"。

为了尽快改变这种局面,当时以毛泽东为首的中国领导人也在苦苦思考着。其实早在辛亥革命的时候,孙中山就邀请老福特来中国制造汽车,但是当时的中国连年战火,社会动荡不安,基本的民生都保障不了,谈何造汽车,就是造出了汽车又让谁来坐呢?

这一切终于在1958年发生了重大的转变。1958年在新中国的历史上是有着特殊意义的一年，这一年中国的国民经济发展进入第二个五年计划的建设时期，而在具有决定意义的中共第八次全国代表大会第二次会议上，通过后来为众多国人熟知的"鼓足干劲、力争上游、多快好省"的社会主义总路线。

也就是在这一年的2月13日，毛泽东路过长春的时候突然提出要特意去一汽视察，说他要见见饶斌，早在1953年第一汽车制造筹建厂时，饶斌就自告奋勇地去担任厂长。而在中央讨论这个人选的时候，毛主席突然想起在哈尔滨见过这个人，当时就问：是那个当哈尔滨市长的白面书生吗，他够厉

> 车尾

>>

★ 历史检索 ★

1959年9月 李四光等科学技术工作者在东北松辽盆地陆相沉积层中发现工业性油田，因国庆十周年前夕，故命名为"大庆油田"。1960年3月，中共中央决定在大庆地区进行石油勘探开发大会战。几千名科学技术人员和4万多名职工参加会战。1963年原油产量达到648万吨。同年12月，周恩来总理在二届人大四次会议上宣布：我国需要的石油现在已经可以基本自给了，中国人民使用"洋油"的时代即将一去不复返了。

> 方向盘

害吗?在得到肯定的回答以后,毛泽东点了点头。他决定要这个无畏的人制造新中国的第一批汽车,实现中国人的百年汽车梦想。此后中央正式下发文件,任命饶斌为长春第一汽车制造厂厂长。

当毛泽东在饶斌陪同下视察一汽时,他深深地被工人制造汽车的情景吸引了,并把在自己内心积郁已久的问题告诉了饶斌:什么时候能坐上我们自己造的小汽车?饶斌马上感受到了主席对新中国汽车工业实现突破的热切期望,并很快把这个心愿传达给工人。一汽职工就此提出了"早日造出小汽车,献给领袖毛主席"的口号。

同样处在兴奋之中的饶斌却没有失去理智。他知道想要制造出新中国的第一辆高级轿车,仅仅有热情是绝对不够的。面对着当时中国汽车工业刚刚起步,造车的各个环节都十分落后的不利局面,饶斌决定先易后难,先制

★ 历史检索 ★

1959年9月15日　中国目前最大的客运车站——北京站建成并交付使用。
9月19日　20世纪50年代北京十大建筑之一的中国革命博物馆和中国历史博物馆建成,博物馆位于首都天安门广场东侧,2003年2月更名为中国国家博物馆。

181

> 仪表盘

造一辆小型轿车，在此基础上再研制高级轿车。而这一构想经过全体一汽人的努力，很快就变成了现实。1958年5月12日，以"仿造为主、自主设计"为原则，一汽诞生了第一辆东风牌CA71轿车。该车车标采用一条昂首腾跃的龙，车头"东风"二字取自毛主席题写的"东风压倒西风"，车尾则取自苏东坡的字帖。这些设计细节使得民族风格与现代交通工具很有效地融合在了一起，其中的中国元素恰到好处，非常自然。新中国的第一辆小轿车就这样诞生了。

此后为了给国庆9周年献礼，一汽加紧了研制专门为领导人乘坐的高

★ **历史检索** ★ ─────────────────────────

1959年9月25日　位于天安门广场西侧的人民大会堂在14 000多名建设者的努力下，以10个月的速度建成。其建筑面积达17万多平方米。与此同时，天安门广场的扩建工程也告竣工。另外，北京还有中国革命历史博物馆、中国人民革命军事博物馆、民族文化宫、北京工人体育场、北京站等大建筑相继竣工。
9月26日　北京明代十三陵中的定陵博物馆正式开放。定陵为十三陵中仅次于长陵及永陵（嘉靖）的第三位，其地宫结构可代表明陵规制。墓室以一个主室和两个配室为主体，主室前有甬道，门三重，地宫结构为石砌拱券。除石门有檐榍雕饰外，朴素无华。

级轿车的步伐。由于处在"大跃进"那个特殊的时期,红旗的设计和制造过程,采取各个部门分别包干一个或几个的办法。但很多设备工人和技术人员只是听说没有实际安装过,如液压传动装置。在这种艰苦的环境下,一汽职工没有停下来,而是在参照鞍钢宪法"两参,一改,三结合"的过程中,组织了大量技术人员和干部、工人三结合大搞技术攻关,比如一个全尺寸的油泥模型,在国外必须要六个月以上才能完成,在一汽仅用了7天就完成了。正是通过坚苦卓绝的创造,一汽人仅仅用了30天就取得了成功,完成了红旗轿车的试制。

8月1日红旗轿车试制成功后,同时制造的一辆检阅车也于9月28日

> 汽车里的座椅

★ *历史检索* ★ ————————————————————

1959年10月3日　由轻工业部与全国手工业合作总社联合举办的"全国工艺美术展览会"在北京故宫午门开幕,展出11类工艺品350多件。
10月8日　中央档案馆建成开馆。最早设有三个档案部:中共中央档案部、中央国家机关档案部、明清档案部。它的建立使我国重要的历史档案分别有了集中保管的地方,为党和国家各项研究工作使用这些材料,提供了便利的条件。

> 红旗轿车的商标

调试完毕。当天急送北京,准时参加了新中国建国 9 周年的庆祝活动,并在全国引起了很大的震动。

第一辆试制成功的红旗牌高级轿车,车标为象征"总路线、人民公社、大跃进"三面重叠的红旗;折扇形中网两侧附有梅花窗格图案的转向灯装饰板;保险杠防撞锥采用云头形;轮罩外圈采用了云纹图形;尾灯继承了东风轿车的宫灯造型。在内饰设计中,坐椅和顶棚采用织锦面料,地板铺有传统手工地毯,仪表板和窗框选用木纹,喇叭面罩采用国画装饰。这些元素表现出中国特有的艺术风格,较东风轿车提升了一个档次。

但是时间太紧,没有按照正规流程开发。第一辆红旗不具备生产可能性,造型设计也比较粗糙,细节显得十分生硬。由于第一辆红旗车属于试验

★ 历史检索 ★

1959 年 10 月 10 日 国务院决定:从即日起提高大豆、花生、甘蔗,甜菜等的收购价格,以促进这些产品的生产。

10 月 12 日 新华社讯,考古工作者最近在北京周口店发掘出一件中国猿人左右下颌体相联的成年下颌骨。

10 月 16 日 山西芮城县永乐宫元代壁画,被全部安全地揭取下来。

性质的政治献礼产品,可以说,它诞生的政治意义大于技术创新。因此,从第二轮样车 CA72-2E 开始按流程开发,一汽人对红旗进行了深入的改造,首先整车设计突出了宽敞舒适、庄重大方、民族风格、安全可靠。车身结构吸收了美国三种豪华轿车的特点,车身中部维持原有克莱斯勒帝国的设计,前部参考林肯大陆,后备箱结构参考凯迪拉克弗里特伍德。在苏联专家的帮助下经过五轮样车的试制,红旗第一种量产车型 CA72 终于在 1959 年的 8 月正式定型投产。

这款车在造型设计中肯定第一辆红旗的成功部分的基础上,取消了笨重的防撞块,折扇形中网向两侧延伸变得更加抽象,视觉效果更加宽大;宫灯式尾灯垂直拉伸,与尾部造型很好地融合在一起。车身两侧镶有象征"工、农、兵、学、商"的五面红旗饰标,后期改为象征"总路线、人民公社、大跃进"的三面红旗。

车辆的仪表板及窗框选用福建大漆"赤宝砂"工艺,为此一汽专门从福建请来老艺人,在几十种福建漆品种中选中了"赤宝砂"。这种漆的特点是在多层底漆上敷荷叶片,表面上铺一层银箔,再多次涂琥珀色透明红漆,最终形成层次丰富、色彩亮丽的效果。

红旗车的坐椅及门护板选用杭州"都锦生"云纹织锦,顶棚为丝织面料。方向盘中央标志为一辆古车,取材自汉代画像石中的古车侧面图形。

1959 年 9 月 28 日,在人民大会堂东门举行了隆重的红旗车交车会,20 辆红旗排列有序,中央领导各自选车,然后签单领走。当时,现场有彭真、叶剑英、聂荣臻、贺龙、李富春、李先念等人领走红旗轿车。而这些共和国元勋们也终于坐上了自己国家的工人生产的轿车。

1960 年,红旗 CA72 参加了瑞士日内瓦国际车展,意大利著名设计师宾

★ *历史检索* ★ ————————————————————————

1959 年 11 月 1 日　中国第一拖拉机制造厂在洛阳建成投产。
12 月　中国科学院古脊椎动物研究所在山西芮城风陵渡黄河岸一带发现了多处旧石器时代遗址。

> 司机在擦红旗轿车

尼法瑞纳用"聪明而狡猾"评价了当时红旗车的设计。

1964年国务院会议确定红旗轿车为"国车"。

1972年，尼克松总统率领由500人组成的庞大代表团来华访问，中方坚持由"红旗"车取代总统专车，全程为美方服务。乘坐"红旗"后美方大为震惊，"封闭多年的中国，如何会造出如此高档的轿车"。

从此以后的很长时间里，作为"国车"的红旗轿车成为了那个火热时代自力更生、奋发图强的民族精神的一种象征和载体。

新闻链接

提起20世纪中国的国车红旗轿车，很多人便会想起这充满东方神韵的

★ **历史检索** ★ ————————————————————

1959年12月10日　重庆白沙沱长江大桥建成通车，桥长820米。位于靠近重庆的白沙沱和江津珞璜乡之间，是一座双线铁路桥，北接成渝铁路，南接川黔铁路。

国际名车许多传奇故事。可以说，在世界汽车史上，没有任何一种轿车得到过那么多国家领导人的关注，甚至在 70 年代，许多来华访问的政界名流，都怀有这样 3 个愿望，"见到毛主席、住进钓鱼台、坐上红旗车！"

20 世纪六七十年代，亿万中国人从电影上看到古朴、典雅、大方的红旗轿车，悄然滑入中南海的画面时，看到敬爱的周总理陪同许许多多国外领导人来见毛主席，心中总会涌出几丝猜测，几多神秘的联想。

斗转星移，沧桑变换，红旗轿车几经沉浮。可是，红旗车还是有那么多充满传奇色彩的真实故事在国人中流传下来，而其中最能引起国人自豪的有关红旗车的故事是在 1964 年发生的。

1964 年，国庆节前 30 天。40 辆崭新的红旗轿车聚集在北京，这是一汽专为国庆用车准备的。只是，还需要敬候中央有关部门的拍板定夺：是继续沿用苏联吉斯轿车，还是使用国产红旗轿车，担当国庆 15 周年迎送外宾任务。

1958 年，带有浓厚政治色彩的红旗轿车试制出来。1959 年，小批量生产进一步改进的、具有浓郁民族特点的红旗高级轿车逐步配备到中央领导及有关部委。但这仅仅是一

> 红旗轿车行驶在大路上

★ **历史检索** ★ ————————————————

1959 年 12 月 20 日　江苏省人民代表、江苏省中国画院筹备委员、美术教育家、国画家吕凤子逝世，享年 74 岁。吕凤子，生于 1886 年 7 月 7 日，中国画家、教育家。原名浚，字凤痴，别署凤先生，江苏丹阳人。一生从事艺术教育，培养了大批美术人才，擅长书画、仕女佛像，别具风格。代表作有《庆胜利》、《流亡图》、《菜农的喜悦》等。作品《庐山云》30 年代初在世界博览会上被评为中国画一等奖，《四百罗汉》1943 年获全国美展中国画一等奖。著有《风景画法》、《中国画技法研究》。出版有《华山速写集》、《吕凤子画册》等。

种民族自尊心的体现,真正能否实现它的使用价值,却要看这次国庆节的表现。来访的国宾大多使用的都是苏联产的吉斯或者吉姆轿车,随着与苏联关系的变化,许多中国人发誓一定要用上自己制造的汽车。

为此,中央领导特别指示一汽尽快生产出一大批红旗轿车。

1964年8月底,一汽不负国家重望,将这批40辆红旗轿车开到北京。到京第二天,当时的国务院秘书长就来到首都汽车公司看车,叮嘱该公司的司机要开好这批车,为国家、为民族争光。

当时,这些司机都是吉斯或吉姆轿车驾驶员,虽然为能开中国产的轿车感到高兴,可是,心里却实在没底。怕的是出事故,让国家丢脸。经过一段时间培训,有关部门提出让红旗轿车与吉斯轿车进行路面比试,再下评语。

9月中旬的一天早晨6点钟,红旗轿车与吉斯轿车分两排排列在首都机场,等候出发的命令,路线是从机场到钓鱼台国宾馆。书面指示:建国门到机场路段正常速度,天安门到钓鱼台段时速5~10公里。

参加试车的、等候结果的紧张得心都要跳出来了,有的司机手心都是汗水。但结果却大大出人意料,40辆红旗顺利到达目的地;而一辆吉斯轿车却在通过天安门广场时趴了窝,原因是车速过慢,车开了锅。

经过了试车的考验,第一批"红旗"在1964年正式成为了国庆用车。

★ *历史检索* ★

1959年12月23日 由全国美协、人民美术出版社联合举办的"十年宣传画展览"在北京中山公园开幕。共展出1949年以来比较优秀的政治宣传画175幅、电影宣传画21幅,展览于1月12日闭幕。

职员表

编导:章卓英	摄影:沙钟科
剪辑:李慧仙	摄影:张长根
解说:华　烨	摄影:方振久
音乐编辑:哈　威	摄影:王　惠
录音:李绍祯	摄影:邓廷尉

100号英雄金笔

原片解说词

100号英雄金笔,是上海公私合营华孚金笔厂生产的高级金笔。
1958年,这个厂的全体职工在总路线的鼓舞下,以英雄的气概,提出了"英雄赶派克"的口号,经过职工们的刻苦钻研和不断的技术革新,在克服了各种困难之后,实现了自己的诺言,100号英雄金笔赶上了美国派克金笔。

在1959年继续跃进的过程中,全体职工并不以此为傲。他们再接再厉,又提高了产品质量,

> 片头

> 工人安装钢笔

现在 100 号英雄金笔,已有 6 项主要指标超了派克。

现在这种高级金笔,已正式列入生产计划,进行大批量生产了。

　　提起 100 号英雄金笔,相信许多在 20 世纪五六十年代生活过的人都不会陌生,许多人都以能得到一支英雄金笔为荣,而英雄金笔也成为了那个时代象征完美品质的"上海制造"的典型代表。

　　上海英雄金笔厂有着悠久的历史传统,它的前身是华孚金笔厂,于民国 20 年 (1931) 10 月由自来水笔经销商周荆庭合资创建,资本 1.5 万元,主要生产新民牌、华孚牌金笔。由于旧中国的时局动荡,华孚金笔厂曾历经 5

★ *历史检索* ★

1960 年 1 月 22 日　由中国电影工作者联谊会、全国美协、上海美术电影制片厂联合举办的"美术电影制作展览会"在北京全国美协展览馆开幕,展览至 2 月 21 日结束。

次解散,5次迁移。民国26年(1937)八一三淞沪抗日战争爆发,华孚金笔厂部分厂房被毁;民国27年,华孚金笔厂利用抢救出来的机器、原材料,租赁了科学仪器馆三楼恢复生产。也就是在这样严酷的环境中,凭着对发展民族工业的热情,周荆庭一直坚持经营制作钢笔。

后来为了发展生产,职工从20人增至70多人。同年,该厂改由周荆庭独资经营,资本增长到20万元。抗战胜利后,华孚金笔厂标购敌产——三乐笔厂后,于民国36年(1947年)改名为华孚金笔厂股份有限公司,职工有142人。

新中国成立后,在50年代公私合营的大潮中,华孚金笔厂纳入了国有

> 工人操作

★ 历史检索 ★

1960年2月20日　中共中央决定在黑龙江松嫩平原的大庆地区进行石油勘探开发大会战。决定从玉门、新疆等各地抽调几十个钻井队,2 000多名科技人员和4万名职工,集中7万多吨器材和设备,参加会战。同年底,基本探明全部油田的面积和储量。到1963年底,累计生产原油1 000多万吨,缓解了中国石油紧张的局面。

> 钢笔制作

经济体系。当时的资本总额为 100 万元，公股占50%，1954 年在祁连山路 6 号建造新厂房。此外，又将绿宝、大同英雄并入了华孚金笔厂。后又通过一系列的改组、改造，1955 年 12 月 5 日上海制笔行业实现全业公私合营。公私合营后，私营者都成为国营单位职工，私营者原有生产资料都以入股形式交国营单位所有，而按期领取股息公私合营股金至 1966 年。这一系列的合并改造在那个时代增强了华孚金笔厂的竞争力，华孚金笔厂也从此进入了它的全盛时期。

在 1958 年那个火热的以"超英赶美"为口号的大跃进的年代里，华孚金笔厂率先提出"英雄赶派克"目标，在全国引起强烈反响。当时的《解放日报》刊登题为《英雄金笔的英雄气概》的报道。1959 年"英雄 100"实现赶超目标，据当时的检测部门的检测报告，当时新研制成功的"英雄"100 型金笔在这 12 项指标中，有 11 项赶上和超过了"派克"。受"英雄"精神的感染，当时上海的一家电影制片厂还拍了一部电影《英雄赶派克》，同时这一时期的"赶超"战略一举奠定了英雄品牌的业内地位。

到了 20 世纪 80 年代末，"英雄"金笔占国内市场 70%、自来水笔占国内

★ 历史检索 ★

1960 年 2 月 24 日　位于宁夏青铜峡县的黄河青铜峡水利枢纽工程拦河截流。青铜峡水利枢纽工程始于 1958 年 8 月 26 日，是一个集发电、灌溉、调节黄河水量等综合利用的水利枢纽工程。拦河大坝为混凝土重力坝，高 42.7 米，总库容量 8.5 亿立方米。装有 8 台发电机组，共 27.2 万千瓦。大坝合龙后，可控制宁夏、内蒙等地区的黄河凌汛，并使宁夏地区形成一个面积 1000 万亩的黄河平原灌溉网和山区扬水灌溉网。

> 英雄钢笔

市场50%,处于垄断地位,成为国内钢笔产业实实在在的"老大"。

此后英雄金笔却并没有再续辉煌,体制的不合理、盲目的投资,以及消费市场的变化都使得英雄金笔厂的经营陷入了危机。时至今日,尽管"英雄"赶超战略已经提出,但在国际市场上,一度怀着国际化品牌梦想的"英雄",每年不得不贴本出口到欧洲和美国;在国内市场上,"英雄"也是举步维艰,"英雄"已被湮没在中国江西和浙江的民营制笔企业品牌之中。"英雄"曾经赖以自豪的铱金笔,其国内市场占有率如今已经不足3%,而且很难摆脱经营困境。

从20世纪的无限风光、家喻户晓到今天已经逐渐成为一个远去的纪念,英雄金笔的命运已经超越了钢笔产业的本身,带给我们今天的人以更多的感悟与思考。

> 英雄金笔

新闻链接

一个时代的"英雄"情结

英雄金笔作为一个时代的纪念与见证,时至今日,在很多那个年代生活过的人的眼里,已经不仅仅是一种简简单单的使用工具,而更像是他们生命岁月里不可或缺的知交与伴侣,这里我们撷取一篇网友的记叙,共同回忆英雄金笔的那段辉煌岁月:

"我一共用过四支钢笔。第一支舅舅给的,第二支自己买的,第三支报社奖的,第四支是老伴赠送的。

"每支钢笔都有一段故事,每支钢笔都记录一段人生。

★ **历史检索** ★

1960 年 3 月 8 日　由全国妇联和全国美协联合举办的"纪念'三八'国际劳动妇女节五十周年美术展览会"在北京开幕,共展出 258 位作者创作的所有画种、雕塑和工艺美术品 368 件,至 4 月 3 日结束。

　　"那是上小学四年级的时候,我在省城文联当官的舅舅,给我寄来一支关勒铭牌金笔,钢笔尖上标着50%赤金。对于一个穷乡僻壤的孩子来说,大家都不知道我有多珍惜它,一句话:爱不释手。总怕它丢了,可是越怕出事越出事。

　　"在一天下午放学后,我和几个同学去河里捉鱼,回家后才发现钢笔丢了。整天惴惴不安,不久便被母亲发现了,遭到一顿痛打,打得我当时都有跳进捉鱼的河里轻生的念头。

　　"至今想起来,浑身的皮肉似乎还在战栗。

　　"第二支钢笔,是我走向教师工作岗位后,拿到第一个月的工资,用15元钱买了一支英雄100号金笔。枣红色的笔杆,金黄色的笔尖,别提我心里有多高兴了。

　　"我用它在案头写备课笔记,培育桃李;我用它给远在家里的父母写信,

> 试笔尖

问安好，报平安；我用它填写加入中国共产党的志愿书，选择人生道路；我用它写的稿子登上了《空军报》、《解放军报》。

"它看上去是一支钢笔，一支普通的钢笔，但是它见证了我人生的一个重要里程。

"可惜，这支钢笔在一次打篮球时从衣兜里窜了出来，掉在地上，被踩得粉碎。至今只保留着那个跟随我二十多年，朝夕相处、立过功劳的笔的笔尖。我把它珍藏在一个小盒子里，但更珍藏在我的心里。

"这个时候，我又拿出了《兵团战士》报社奖励我的那支钢笔，英雄100号金笔。笔杆是银灰色的。尽管也很好使，可是每当用它来写字，总会想起我那支枣红色的英雄笔。在一次、两次、十次，百次地使用它后，渐渐地与它建立起感情并越来越深厚。

"我用的第四支钢笔，是老伴给我的纪念物。那年，老伴因教育工作成绩突出，被评为特级教师，1998年获'曾宪梓教育基金会中师奖'。她拿到奖金后，花100多元给我买了一支英雄100号金笔，翡翠色的笔杆。

"这时我已经退休了，闲暇之际，我用它写下了百余篇散文、诗歌等记录心情的文字。在书写的过程中，体味着钢笔的曼妙神韵，仿佛一切文字，都是由它引导自然流淌出来的。即使不写东西时，在我沉吟、构思、觅句的时候，也用手抚弄着它，有一种与妻子相对的感觉，仿佛听到妻子呢喃低语：'歇一会再写吧，别太累着了。'

"这时，会觉得我们的生命、我们的爱情是不老的。翡翠色的充满灵性的英雄牌金笔，你将陪伴我终生，是我永远的珍藏。"

职员表

编导:肖树琴	摄影:王瑜本
摄影:雪 鹰	剪辑:李慧仙
摄影:陈和毅	解说:李连生
摄影:舒世俊	音乐编辑:高 潮
摄影:张长根	录音:李玉杰

昆明湖畔的诗会

原片解说词

6月的昆明湖,碧波荡漾,景色宜人。14日这一天,中国民间文艺研究会邀请出席全国文教群英会的一些民间歌手、诗人、画家,在颐和园湖心亭举行座谈会。

> 片头

中国民间文艺研究会主席郭沫若、副主席周扬都来和大家欢聚。

诗人们诗兴大发,有的当场就作起诗来。一时间座谈会就变成了赛诗会。

农民作曲家史掌元用山西民歌的曲调唱了一首:"山西是个好地方"。

> 农民诗人王老九写诗歌颂郭沫若

> 61岁的农民诗人李希文在朗诵

农民诗人王老九写诗，歌颂郭老。

61岁的农民诗人李希文，也按捺不住心头的激情，当场写诗畅抒心怀。

会上，中国民间文艺研究会赠送每位代表"红旗歌谣"一册，郭沫若、周扬都在书上签名留念。

★ 历史检索 ★

1960年1月1日　新华社讯，兰(甘肃兰州)新(新疆乌鲁木齐)铁路在元旦前夕通车到新疆哈密。至此，兰新铁路全线通车里程已达1 315千米(公里)。

1月4日　新华社讯，全国冬修水利高潮已持续一个多月，现在各地正在兴修的大、中、小型的水利工程共150多万处。国务院转发中国人民银行《关于信贷管理体制问题的报告》。

1月28日　由解放军总政治部举办的"中国人民解放军第二届美术作品展览会"在北京故宫博物院文华殿、传心殿开幕，共展出各种形式的作品640余件。

今年已经 80 多岁的农民作曲家史掌元每当说起当年他进京参加全国文教群英大会时的情景，总会浮现出幸福的笑容。而对于在四十多年前的夏天在昆明湖畔参加的那个别出心裁的诗会他也从未忘怀。

　　1951 年，新中国成立之初，毛泽东谈到民歌时说："中国诗的出路，第一条是民歌，第二条是古典。"同时，毛泽东还倡导革命现实主义和革命浪漫主义相结合的文艺创作方法，当时俗称"两结合"。就是在这个号召下，全国出

> 农民作曲家史掌元用山西民歌
的曲调唱了一首"山西是个好地方"

★ 历史检索 ★

1960 年 2 月 3 日　新华社讯，新疆维吾尔自治区博物馆南疆考古队在新疆民丰县一座古代遗址中发掘出一对男女合葬的"木乃伊"。据鉴定，这对"木乃伊"距今约 2 000 年（相当于东汉时代）。

2 月 15 日　中央民族乐团在北京成立，是中国当今最具规模、最完整、最具民族音乐代表性的国家乐团。乐团由民族管弦乐队和民族合唱队组成，拥有一批有卓越成就的艺术家和管理人才。乐团以弘扬中国传统民族音乐文化为宗旨。

2 月 26 日　由全国美协和美协云南、青海分会联合举办的"云南少数民族服装饰物及青海藏族图案观摩"在北京开幕，至 3 月 2 日结束。本月，全国美协与北京市丰台区黄土岗人民公社和北京市第一机床厂建立了联谊关系。将以这两个单位为据点，分批组织美术家和协会的工作人员参加劳动锻炼和辅导工农业余美术活动，向劳动人民学习。

> 周扬和诗人握手

现了的诗歌创作的热潮，涌现出了一大批民间歌手、诗人。

随着当时中国社会主义制度的巩固，社会主义的文化建设也蓬勃发展起来。正是在史掌元参加1961年的那次全国文教群英会上，当时的国务院总理周恩来代表党中央、国务院对文艺工作做重要讲话。他首先盛赞了大会代表是"文教战线上的各路英雄"，"在过去的工作斗争中发挥了尖兵作用"；而后他着重强调指出："文化教育工作是社会主义革命和建设的一个重要方

★ 历史检索 ★

1960年3月10日　新华社讯，在广东韶关马坝市郊区狮子山石灰岩洞穴中，发掘出马坝人化石，这是我国在华南地区第一次发现的远古人类化石。

4月1日　京(北京)承(承德)铁路全线正式通车。京承铁路自北京至上阪城与锦承铁路接轨而达承德，全长256千米(公里)，其中北京至怀柔一段是既有铁路，怀柔至山阪城169千米(公里)是新建，1960年交付运营，为关内外开辟了第二条通道。

4月21日　由全国美协举办的"肖像、风景、静物油画作品展览"在北京颐和园开幕。共展出作品147幅，至5月20日结束。文化部在北京召开"连环画、通俗读物座谈会"，会议着重讨论了提高连环画、通俗读物的质量和出版规划等问题，钱俊瑞代部长最后作了总结，会议于4月29日结束。

面"，号召文化教育工作者"实现工农群众知识化，知识分子劳动化"。他还语重心长地勉励与会的代表"要戒骄戒躁，继续前进，更好地发挥带头、骨干和桥梁作用。做教学改革和文化技术革命的促进派"。周恩来的讲话激起了史掌元在内的代表们一阵又一阵的掌声。席间，周总理频频高举着酒杯，到各省、市、自治区代表团中敬酒。

　　整个群英会宴会洋溢着欢乐的气氛，不时有文娱节目在台上演出，当时已经七十多岁高龄的朱德委员长受到了会议热烈气氛的感染，兴致勃勃地走上台祝酒，并一饮而尽。

> 郭老与诗人交流写作经验

★ 历史检索 ★

1960年4月25日　新华社讯，第一艘由中国自行设计、自行制造的万吨级远洋货轮"东风号"最近在上海下水。

5月7日　中共中央同意商业部报告，决定减少民用棉布供应定量。把1960年全国平均每人棉布供应定量由24尺减为22尺。

> 郭沫若和诗人们

　　这次群英会后不久召开了有全体中共中央政治局委员参加的第三次文代会,时任中宣部副部长的周扬做了《我国社会主义文学艺术的道路》的工作报告。周扬进一步向文艺工作者指出:"采用'两结合'可以帮助我们的作家、艺术家最真实、最深刻地表现出这个英雄的时代和这个时代的英雄。"

　　正是基于这种建设社会主义大众文学的思路,民间诗人、作家、作曲家在当时的文艺界被推到了极高的位置,享有很高的声望。

　　当时与农民作曲家史掌元齐名的有着"农民诗人"之称的王老九就是一

★ **历史检索** ★ —————————————————————

1960年6月17日　为迎接第三次文代会和美协第二届会员代表大会,由全国美协举办的"全国美术展览会"在北京故宫博物院、北海公园、美协展览馆同时开幕,展览于7月14日结束。
7月1日　中国第一座现代化的大型人造纤维工厂——保定化纤联合厂建成投产。
7月22日~8月13日　全国文学艺术工作者第三次代表大会在北京举行。会议通过了决议和新的章程。郭沫若被选为全国文联第三届委员会主席。

个典型的代表。王老九原名王建禄,因排行第九,所以人们称他为老九。1894年2月23日,王老九在陕西省临潼县一家贫苦农民家庭中出生。他自幼在家耕作,16岁时读过一年私塾,后来因为家境贫寒而辍学。曾当过学徒、逃过荒、要过饭。因为他自幼爱听戏、看唱本,记忆力又特别好,每次顺着戏里听来的唱词对照着戏本念,就能将一本戏全记下来,所以能背诵不少唱词,在此基础上他经常将旧社会的不平之事编成顺口溜。32岁起,他开始编写快板诗。

1949年3月人民解放军挺进关中,王老九的家乡即将解放。同许多得到解放的农民一样,他的心中充满了喜悦,为了纪念重获新生的心情,他写下了:"天昏地暗黑洞洞,乌云遮日路不明;一股大风从北起,吹散云雾太阳红。"的诗句。也就是从这时开始,王老九的诗名开始在各地传播开来。

新中国成立后,王老九创作热情空前高涨,他的诗也陆续在报刊上发表。1951年王老九参加了陕西省文艺创作者代表会议,1953年参加中国文学艺术工作者第二次代表大会。1958年参加中国民间文学工作者会议,被选

> 郭沫若等上船

为理事。而在 1960 年出席全国文教群英会后他与史掌元等来自各地的民间艺术家共同参加了这次在昆明湖畔的聚会。

就是在曾作为皇家园林的颐和园里，中国民间文艺研究会和出席全国群英会的民间歌手、诗人、画家举行了这次座谈会。当时的农民诗人王老九见到著名诗人郭沫若时抑制不住自己激动的心情当场写下一首诗：我日日夜夜想见面，我胡子盼白也见不着。今日得见老兄面，我心里喜得好像蛤蟆跳。希望兄长手托我，共同往共产主义跑。而史掌元也用家乡的方言演唱了一曲"山西是个好地方"。可以想见，当时会议的气氛是非常热烈的。

这次诗会之后，已经当选为中国作家协会理事的王老九在 56 岁那年学会了写字。1951 年，应邀出席了西北文代会，此后，他也经常和西北文联以及后来的西安作家协会的同志们探讨诗歌创作问题，参加群众性的诗歌活动。他写的《进西安》一诗，在陕西省文艺创作会上被评为一等奖。

步入晚年后的王老九还在勤奋写作。期间他游历了河南，凭吊了李白的遗迹，并着手写作他的自传体长诗《泪海波涛》。

1969 年 2 月 14 日，72 岁的王老九辞世。

比王老九小将近 20 岁，凭借着演唱"红旗歌谣"中《唱得幸福落满坡》而一举成名的史掌元则一直坚持着山西民歌的创作直到今天。2007 年 5 月的下旬，在上海歌剧院举办的"唱山歌、忆江南"专场音乐会上，入选的

★ **历史检索** ★ ─────────────────────

1960 年 7 月 30 日 "中国美术家协会第二次会员代表大会"在北京举行，大会选举何香凝为主席，蔡若虹、刘开渠、叶浅予、吴作人、潘天寿、傅抱石为副主席；力群、丰子恺、王个簃、王式廓、王朝闻、古元、石鲁、叶浅予、关山月、刘开渠、华君武、吴作人、李桦、何香凝、沈柔坚、邵宇、阿不都克里木、张仃、张景、傅抱石、雷圭元、蔡若虹、潘天寿为常务理事；蔡若虹、华君武、王朝闻、力群、邵宇、张仃、罗工柳、陈沛、郁风、吴镜汀、赵枫川为书记处书记；华君武为秘书长。本月为响应中央提出的"农业是国民经济的基础，各行各业都要支援农业"的号召，各地美术家纷纷去农村人民公社、水利建设工地；除亲身投入夏收夏种劳动外，并以作品反映农村的生产热潮，组织支援农业美展。
9 月 5 日 中央爱国卫生运动委员会、农业部、卫生部联合向各省、市、自治区有关部门发出关于加强粪便垃圾污水管理和灭螺、防治家畜血吸虫病的通知。

> 颐和园

9首史掌元的经典作品，以浓郁乡土风味、富于时代气息的鲜明特点及独特的艺术魅力感动了无数上海观众，这些来自太行山深处的金曲，也久久地回荡在黄浦江畔。而在聆听着这些充满乡土气息的音乐时，人们的思绪也仿佛回到了那个火热的民间艺术时代，回到了40多年前颐和园的那个夏天。

★ *历史检索* ★ ——————————————

1960年9月9日 全国美协召开第二届理事会第一次会议，周扬亲自到大会祝贺并讲话，他着重谈了目前美术界争论较多的关于山水、花鸟画的阶级性问题，如何对待遗产和反对修正主义的问题，以及关于深入生活、改造思想、提高技巧、创作更多更好的美术作品等问题。会上针对总会和各地分会的情况，就组织学习、组织创作、组织美术家深入生活和与工农兵相结合等工作，提出了原则性的建议。

新闻链接

民间音乐家史掌元的故事

40多年前，一曲《唱得幸福落满坡》，令一位默默无闻的民间歌手声名大振，最终他一举获得了中国文艺评选金奖，而在随后的几个时代里，这名歌手唱红了大江南北，他的音乐也被翻译传唱到许多国家。在这40多年间，他创作了2 000多首歌曲，发表过200多首歌曲。多才多艺的他写民歌，唱民歌，学表演，做导演，当村里业余剧团的团长；他还被授予农民作曲家的称号，当选为第三届全国文代会代表；担任了25年中国音乐家协会理事、28年山西省音乐家协会的理事。而他却是一位不识五线谱的农民。这个人，就是当今中国惟一的农民作曲家史掌元。

1920年，史掌元出生于太行山深处一个偏僻的小山村——山西省昔阳县里安阳沟村。他的祖祖辈辈们在这块土地上辛勤地耕耘、奉献着。农民家庭出身的史掌元理所当然成了这黄土地上挥洒汗水的一员。在这个鸡不生蛋、鸟不搭窝的贫地上，他和父辈们一样，为了肚子，把自己的汗水毫不吝啬地洒进了土地。史掌元成了地地道道的农民，扶犁下地、挖山凿石、打窑洞，样样在行，样样好手。他们深情为之抛洒热血的土地却太让他们失望了，洒下的汗水、播种的辛苦、磨出的老茧、压弯的脊背似乎根本无法打动这里的土地爷，望着收获的几担粮食、饿着肚子的史掌元父辈们于是拿起唢呐等，

★ *历史检索* ★————————————————————

1960年9月30日 《毛泽东选集》第四卷出版发行。本月由傅抱石、钱松嵒、余彤甫、亚明、宋文治、魏紫熙等12人组成的江苏省国画工作团开始长途旅行写生，先后访问了洛阳、三门峡、西安、延安、华山、成都、乐山、峨嵋山、重庆、武汉、长沙、韶山、广州、从化等地，行程2.3万里，至12月回到南京。

给有红白喜事的人家吹吹打打,造造气氛,以换取二斤高粱、苞谷,他的父辈们成了演奏民间乐器的乡村艺人。不知不觉中,耳濡目染,史掌元受到了家庭的熏陶和潜移默化的影响,奠定了他艺术生涯的第一步。

新中国成立后,他的音乐天赋得到了全面的发展。家乡的山水、家乡的人情风物,都成了史掌元歌唱的对象。田间、村里、炕头上、会场上,留下了他质朴而又深情的声音。

他怀着一颗纯真之心,怀着对音乐的无限热爱,用一颗善良淳朴的心到处张望着,把生活中各种各样的精彩片段转换成了充满乡土气息的旋律。他创作出的歌曲形式多样、喜闻乐见、脍炙人口,具有浓厚的乡土气息,深受乡亲们的喜爱,而史掌元所创作演唱的民歌也在全国出了名。

但当你真的见到史掌元时,你决不会把他和作曲家联系到一起,他有1.8米的个子,岁月在他的身体上留下了残忍的痕迹,使他的整个身躯变得弯曲驼背、行动缓慢。鼻梁上的老花镜,一件白色的又肥又大的旧衬衣难以撑起瘦削的身体。透过老人的斑斑点点,看到的是一副欢乐与苦涩交织、知足与无奈相溶的神态,但这就是中国惟一的农民作曲家史掌元。

因为没有受过任何专业训练,直到现在,史掌元还不懂五线谱。在全国

★ **历史检索** ★ ────────────

1960年10月　浙江美术学院在潘天寿的提议下成立国画讲师团,在全院范围内向师生传授中国画知识。潘天寿先后7次参加了讲师团的会议。

11月14日　中共中央发出《关于立即开展大规模采集和制造代食品运动的紧急指示》。中共中央根据科学院的建议,推荐了玉米根粉、小麦根粉、玉米秆麦粉、橡子面粉、叶蛋白、人造肉精、小球藻等若干代食品,以缓和粮食供销全面紧张。

11月27日~12月5日　中国科学家周培源等参加在莫斯科举行的第6届"帕戈瓦什"国际科学家会议,讨论裁军和国际安全问题。

12月28日　新华社讯,全国农业生产1960年遭受了近百年来没有过的严重自然灾害,受灾面积9亿亩,占全国耕地面积一半以上。

众多作曲家中,他是惟一用简谱写曲子的作曲家,县剧团和文化馆的工作人员都曾是他的老师。

用他自己的话说,他之所以能写出作品,主要来源于对当地民歌、戏曲、曲艺的感悟和对生活的理解。在他学简谱时,谁也不曾想到:从那双结满老茧的手中,竟能流出如此美妙的音符。

难怪著名作曲家朱践耳曾这样评价史掌元:"奇人奇才。他一手拿锄头种地,一手却在执笔写歌。"

史掌元不愧为音乐界的一个传奇。

职员表

编导:肖树琴	剪辑:李耐君
摄影:钮金义	解说:华 烨
摄影:蒙 影	音乐编辑:蒋醒民
摄影:王瑞华	录音:王绍曾
摄影:王 惠	音响:周秀清
摄影:张长根	

水墨动画片

原片解说词

水墨画是我们民族的传统绘画艺术,深受我国人民热爱,尤其是白石老人的作品,更为全世界人民所赞赏。如何使白石老人笔下的小动物活起来,是美术电影制片厂的同志们早就存在着的愿望。

敢想敢干的美术电影工作者们,决心要"标民族之新,立民族之异",现在他们正在创造出具有民族风格的动画,大胆地研究角色的造型问题。

在党的关怀和帮助下,

> 片头

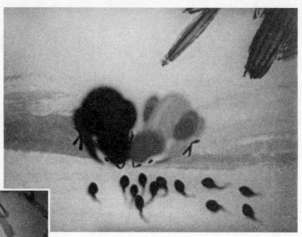

> 《小蝌蚪找妈妈》剧照

> 《小蝌蚪找妈妈》剧照

没有用多长时间,他们就攻破了技术关,将白石老人的水墨小图,试制成
了动画影片。

我们祝贺美术电影工作者的这个成功创造,希望他们能够制作出更新更
美的影片,不断地攀登世界电影的艺术高峰。

1960 年 1 月 31 日,陈毅副总理参观上海美术电影制片厂在北京举行的
"中国美术电影展览会"时,对美术电影工作人员说:"你们能把齐白石的画
动起来就更好了。"同年 2 月,上海美术电影厂成立了由阿达负责人物和背
景设计、吕晋负责绘制动画、段孝萱负责拍摄和洗印技术的试验小组,经约 3
个月的时间,水墨动画片断试验获得成功。1961 年 7 月,美术电影制片厂摄
制成功了中国第一部水墨动画片《小蝌蚪找妈妈》,宣告了中国水墨动画片

首创成功。

《小蝌蚪找妈妈》的背景由郑少如、方澎年设计,动画由唐澄、邬强、戴铁郎、阿达、吕晋、严定宪、矫野松等设计,艺术指导特伟,技术指导钱家骏,摄影段孝萱、游涌、王世荣,1961 年 7 月由美术电影制片厂摄制完成。影片根据方惠珍、盛璐德创作的同名童话改编,取材于画家齐白石创作的鱼、虾等形象。

影片开始,首先映入眼帘的是一本素雅的国画画册,之后,一幅幽静的荷塘小景淡淡推入,古琴和琵琶乐声悠扬,共同勾画出优美抒情的水墨世界。这部影片打破了动画片"单线平涂"的模式,没有边缘线,意境优美,气韵生动。从点滴之处折射出中国的古风古韵,进而把观众带进一个优美抒情的水墨画世界。池塘里的小蝌蚪慢慢游动起来,它们不知道自己的妈妈是什么样子,于是开始寻找妈妈……它们误认金鱼、螃蟹、乌龟、鲶鱼为自己的妈妈,经历了艰难困苦,最后终于找到了自己的妈妈。

影片里的小蝌蚪活泼可爱,犹如一群天真无邪的孩子。漫画家方成说:"这部片子具有独特的艺术风格。可以说每个镜头都是一幅动人的画面,使

➤《小蝌蚪找妈妈》剧照

>>

> 动画工作者画蝌蚪

> 动画工作者让小蝌蚪活了起来

观众感到像是走进了艺术之宫。"法国《世界报》评论这部影片时赞扬说："中国水墨画,景色柔和,笔调细致,以及表示忧虑、犹豫和快乐的动作,使这部影片产生了魅力和诗意。"1962 年,茅盾看了这部影片,写下诗一首:"白石世所珍,俊逸复清新。荣宝擅复制,往往可乱真。何期影坛彦,创造惊鬼神。名画真能动,潜翔栩如生。柳叶乱飘雨,芙蕖发幽香。蝌蚪找妈妈,奔走询问忙。只缘执一体,再三认错娘。莫笑蝌蚪傻,人亦有如此。认识不全面,好心办坏事。莫笑故事诞,此中有哲理。画意与诗情,三美此全具。"

1962 年,影片获第一届《大众电影》"百花奖"最佳美术片奖,1961 年获瑞士第十四届洛迦诺国际电影节短片银帆奖,1962 年获法国第四届安纳西国际动画节短片特别奖和 1964 年第四届戛纳国际电影节荣誉奖,1978 年获南斯拉夫第三届萨格勒布国际动画电影节一等奖,1981 年获法国蓬皮杜文化中心第四届国际青少年电影节二等奖。

从 1961 年到 1995 年,上海美术电影制片厂共摄制水墨动画片 4 部。每一部都有其特色,都有所创新,都有所前进。第一部水墨动画片《小蝌蚪找妈妈》,其中的小动物造型取自齐白石笔下。与一般的动画片不同,水墨动画没有轮廓线,水墨在宣纸上自然渲染,浑然天成,一个个场景就是一幅幅出色的水墨画。角色的动作和表情优美灵动,泼墨山水的背景豪放壮丽,柔和的笔调充满诗意。它体现了中国画"似与不似之间"的美学,意境深远。

水墨动画并不是人们所理解的动画作业都在宣纸上完成。我们虽然在荧幕上看到活动的水墨渲染的效果,但是只有在静止的背景画面中才能找到真正的水墨笔触,只有背景画面才是如假包换的中国水墨画。原画师和动画人员在影片的整个绘制过程中,始终都是用铅笔在动画纸上作业,一切工作如同画一般的动画片,原画师同样要设计主要动作,动画人员同样要精细地加好中间画,不能有半点差错。如果真的要在宣纸上用水墨画出那么多连续的动作,世上没有一位画家能把画面上的连续人物或者动物控制得始终如一。

因此,一部水墨短片所耗费的时间和人力是惊人的。美术电影制片厂对水墨片投入巨大,制作班底也是异常雄厚,除了特伟、钱家骏这样的老一辈动画大师,就连国画名家李可染、程十发也曾参与艺术指导。正是因为这样不惜工本的艺术追求,中国水墨动画在国际上博得了交口称赞,没有任何一

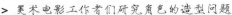

> 美术电影工作者们研究角色的造型问题

个国家敢于同中国人的耐心竞争，日本动画界甚至称其为"奇迹"。

新闻链接

> 如何使白石老人笔下的小动物活起来，是
术电影制片厂的同志早就存在着的愿望

后来居上的日本卡通

从20世纪90年代以来，越来越多的日本动画片被我国引进：从当年风靡一时的《铁臂阿童木》、《圣斗士星矢》、《七龙珠》、《机器猫》，到后来的《灌篮高手》、《名侦探柯南》、《火影忍者》、《GTO》、宫崎骏系列等，太多的日本动画已经成为"80后"们生活的一部分，大批日本漫画拥趸者不但对漫画的情节、人物了如指掌，甚至举办盛大的"COSPLAY"聚会，比比谁的装扮与自己心目中的动画人物最相似，并乐此不疲。与此同时，与动画相关的产业：图书、游戏、数码、服装等都蓬勃发展起来。可以说，日本动画不仅在中国，甚至在世界范围都是极具影响力的。

日本是一个善于学习、模仿的民族。他们不擅长自我创新却惯于对别人的文化成果进行加工改造。日本人没有非此即彼的思维方式，对外来文化的吸收无原则性，兼收并蓄，并且对外来文化进行分解、还原，抛弃不实用的东西，把他国的经验与本国国情相结合，发展出自己独特的文化体系。这也造成了日本人思想表象上的混乱和民族性格上的矛盾。美国人类学家本尼迪·克特在二次世界大战后出版的《菊花与刀》一书中深刻剖析了日本国民性格中的这种矛盾，其中这样写道："日本人生性极其好斗又非常温和，黩武而又爱美，倨傲自尊而又彬彬有礼，顽梗不化而又柔弱善变，驯服而又不愿意受人摆布，忠贞而又易于背叛，勇敢而又怯懦，保守而又十分欢迎新的生活方式。"这个所谓带有"精神分裂"的民族，对别国文化的学习，却往往带有民族特点鲜明的目的性。根植在日本民族思想中最根本的价值准则就是实用主义。通过模仿、提炼，日本不光在动画行业中迅猛发展，同时许多其他行业也因此兴盛起来。

在几十年的兼收并蓄并融入日本民族色彩的过程中，日本动画已经创造出自己的辉煌与特色。总结现代日本动画吸引人的原因，不外乎以下三点：

(1) 受众群体广泛，下到幼儿，上至中年人，均可以找到自己喜好的动画类型。在日本，动画的创作理念已经非常成熟，漫画和改编而成的动画早已不再是青少年的专利。

(2) 故事情节真实细腻，人物性格丰满有个性。甚至在动画配音上，日本都极为讲究，并诞生了一批专业的配音演员，日本称之为"声优"。在一部动画当中，风格独特的"声优"能立刻抓住观众的注意力。如《蜡笔小新》中，小主人公小新的配音就让角色的性格特征立即突显，也让观众不禁竞相模仿。

(3) 全力打造动听的动画音乐。对于动画音乐的制作，日本一直将其提到打造专业歌手的高度，用心尽力地进行每一首音乐的创作。这使得日本动画音乐在音乐中也争得一席之地。

职员表

摄影:张 杰

摄影:李国骏

摄影:冯伯九

编导:高仲明

编导:央 京

解说:刘家燕

音乐编辑:李宝树

录音:杨志远

摄影:马德明

摄影:高健康

幸福牌摩托车

原片解说词

不久以前,上海自行车二厂的职工们,试制成功了装有12匹马力发动机的轻型摩托车。

这个工厂过去只能制造自行车,现在却成批地生产幸福牌摩托车。

幸福牌摩托车,结构坚固、乘坐舒适、用油省,它的最高速度每小时达到100公里,是交通和通讯的好工具。

任何一个事物的发

> 片头

> 摩托车越过土坡

展变化都是社会人世变迁的缩影，而中国摩托车工业所经历的荣耀而又充满坎坷的光辉岁月也正是见证岁月变幻的一个"窗口"。

在风起云涌的第二次工业革命时期，摩托车作为新时代文明的产物首次进入人们的视野。在汽车的内燃机已经于1885年春天问世的同时，德国工程师戈特利布·戴姆勒和他的助手威廉·迈巴赫经过执著的努力，也在这一年研制出一台以汽油为燃料的内燃机。但是与汽车的发动机有所不同，这台发动机采用了F型燃料室、自动进气阀、机械式排气阀、热管式点火，通过

★ *历史检索* ★————————————

1961年1月1日　中共中央批准陈云对部分商品实行高价政策的提议，陆续对11种商品实行高价。到1965年基本停止。5年间，高价商品销售额120多亿元，比按平价出售多回笼人民币60多亿元。

1月18日　全国美协召开常务理事会，出席会议的有美协常务理事及各部负责人。会上，秘书长华君武汇报了第三次文代会以来的协会工作，通报了各地创作动态和创作中存在的一些问题，报告了中国美术馆的筹备工作情况，并提出了今年的工作计划。会议决定上半年的主要工作是抓建党40周年的献礼创作，重点保证革命历史画的创作质量。

装有小齿轮的中间轴来传递扭矩,使固定在后轮上的内啮合齿轮转动,并设置了一个可以用螺旋手把操纵的可动型滑轮,起到离合器的作用;发动机为气冷型、垂直单缸二冲程式,排量为 264 毫升的小型发动机。由于这台发动机功率较小,两人便将这台内燃机安装在一辆以橡木为车架、前轮直径为86.4 厘米、后轮直径为 86.6 厘米的单车上,他们把这辆二轮车命名为"单轨道号",就这样世界上第一辆摩托车诞生了。

这个西方文明的产物在晚清时传入中国,因为摩托车的英文名为"MOTORCYCLE",所以当时国内就有人按照英语谐音的方式随口称之为"摩托",而将后面的"CYCLE"音节省略,以汉语"车"来代替,久而久之约定俗成,摩托车一词就此流传下来。

在很长的时间里,中国人都没有自己造出一辆摩托车。这种情况一直到新中国成立后的 50 年代初才得到了根本改变。

1949 年初的北平刚刚和平解放,正当北平城的老百姓欢天喜地庆祝新

> 上海市区的摩托车

> 幸福牌摩托车

时代来到的时候，华北军区所属石家庄汽车修配厂厂长程华明率领部分原厂的职工来到了位于北平市第九区南纬路的原联勤总部运输署409汽车修配厂，而中国摩托车工业的历史也从此翻开了崭新的一页。工业部决定在结束军事管制后在这里建立一座全新的以生产汽车为主的大型工厂，而后这座工厂正式更名为华北军区后勤部北京第六汽车制配厂。当时有职工518人，设备149台，建筑面积2 000多平方米。

但是一座以生产汽车为主要突破口的工厂怎么反而开启了中国摩托车工业的先河呢？这就要从当时的特殊情况说起：50年代初期的中国整个基础工业十分薄弱，人们的生活购买力的需求水平也很低。因此，作为现代化交通运输工具的摩托车，主要使用单位仅限于部队通讯联络之用，以及人、中城市机关部门的公务、商务和邮递等方面。仅仅是这样少量的使用需求，都需要进口才能满足。为了解决这个燃眉之急，1950年8月，中国人民解放军总后勤部在全军运输工作会议上，明确了当时归属部队的工厂的发展方针，即以解决部队交通工具为主。当时，已经是汽配六厂厂长的程华明把考虑已久的试制摩托车计划，以及先制造摩托车，然后逐步过渡到能生产汽车的整套方案向上级提出。这一建议很快得到部队首长的赞同，批准该厂试制军用摩托车。但是，制造摩托车既要有较高的技术水平，又要有合理的生产组织

> 安装摩托车

和科学管理方法。当时汽配六厂尚未完全具备这些条件。

为了完成上级交付的任务，厂委决定要加强技术力量，他们首先聘请了1943年毕业于西南联大 (清华大学) 的张世恩工程师等来厂担任技术领导工作，负责摩托车试制。又先后从京、津、沪等地购买了美国、西欧和原苏联等国制造的几种摩托车，作道路试验和车辆技术性能分析，并在10月份经过几次长途试车比较。根据当时国内公路情况、部队需求以及结合工厂的技术设备能力等条件进行车辆选型。最后确定以德国迅达普 (ZUNDAPP) 厂生产的K500摩托车为样车仿制。因为该车经过实用考验，在德国为部队装备，坚固耐用，且其重心低、易于驾驶。另外在结构上该车还有三个优点：第一是后传动装置为轴传动，而其他车型多为链条传动。当时国内只有自行车链条供应，没有高强度大型链条。若采用自行车链条，高速传动容易碎裂。第二是该

★历史检索★

1961年2月1日 《哲学研究》编辑部邀请北京哲学界人士，讨论哲学史上唯物主义与唯心主义的斗争规律问题。

> 安装摩托车

车车架用 2.5 毫米钢板压制，易于成型；不像美国哈雷公司摩托车等车型，其车架用变载面异形钢管焊制。第三是变速箱不用齿轮传动，换挡轴均为链条传动，比高精度齿轮容易制造。

在样车选型确定后，技术人员马上投入到繁重的样车测绘工作中，经过近 3 个月时间的精心绘制，终于在 1950 年 12 月底完成了对样车的测绘。在这之后单件加工是最艰苦、也最具挑战性的，这需要极高的制造工艺。在缺少理论基础的困境中，汽配六厂的工人们攻克了一个又一个技术难关。经过 4 个多月的艰苦努力，于 1951 年 7 月 8 日胜利完成了第一批 5 辆摩托车的试制任务，改写了中国不能自主生产摩托车的历史。

★ **历史检索** ★ ————————————————

1961 年 2 月 28 日　北京工人体育馆建成。北京工人体育馆位于朝阳区三里屯工人体育场北路，是 1961 年 2 月为举办第 26 届世乒赛兴建的，它也是最早出现在中华人民共和国邮票上的体育馆，纪 86—4 邮票画面即为该馆全貌。工人体育馆是工人体育场三组建筑群：北京工人体育场、北京工人体育馆和游泳场中的重要部分。馆内除中心馆外，还有羽毛球馆等专用馆场。工人体育馆内有著名的富国海底世界，这是中华人民共和国和新西兰合作兴建的北京第一家五星级大型海水水族馆，拥有亚洲最长的 120 米亚克力胶海底隧道。

这批军用重型摩托车得到了中国人民解放军总司令朱德、代总参谋长聂荣臻的交口称赞,并且得到了一个在当时响当当的名字——"井冈山"。

如果说"井冈山"摩托车开启了中国摩托车的崭新时代,那么当时的上海自行车二厂研制开发的250型摩托车则让摩托车这一现代代步工具逐渐走进了普通人的生活,渐渐成为了人们衣食住行中十分重要的一个组成部分。

1959年的夏天,当时的上海自行车二厂在工程师唐翰章、张顺根等带领下,依照国外摩托车实样测绘后逐件进行仿制,于1959年年末试制成功第一轮5辆摩托车。1960年初,又成功地试制出第二轮5辆摩托车。1960年底他们将第二轮试制成功的5辆摩托车,首先在杭州、苏州、无锡等地进行了3 000公里道路试验。道路试验结果的数据表明,该车的经济性、动力性、制动性能及可靠性等指标均符合设计要求。

在严格地进行完这些前期工作后,1961年初,自行车二厂在上海市轻工业局支持下,召开了250型摩托车技术鉴定会。鉴定会由当时的上海市自行车缝纫机工业公司、上海摩托车俱乐部、上海市轻机公司、上海机械学院和交通大学摩托车俱乐部等10余家单位参加。鉴定会期间对该车的技术性能进行了道路试验、发动机台架试验。技术鉴定会意见:从摩托车各项性能试验结果来看,基本上能符合设计任务书和产品技术条件要求,各种零部件在强度上是经得起考验的。与会人员一致认为:幸福牌250型摩托车作为交通用车和开展国防体育普及训练用车,应尽快投入生产,以满足市场要求;但在热处理零件质量和整车动力性能等方面有待改进,要迅速组织力量落实解决。

随后XF250型摩托车在试验及使用中也确实发现在结构上存在一些

★ 历史检索 ★

1961年3月 上海实验生物研究所所长朱洗等利用单性生殖法获得的一只雌蟾蜍产卵并发育为蝌蚪。

3月4日 中华人民共和国国务院公布第105次国务院会议通过的《文物保护管理暂行条例》。同时公布了"第一批全国重点文物保护单位名单"。后又于1982年、1988年分别公布了第二、第三批全国重点文物保护单位名单,共500处。

问题,唐翰章通过理论联系实际的分析,改进了变速机构中凸轮板的凸轮曲线,简化了避震器内部液压减震的结构和消声器内部结构,增加了单支撑杆,将直流发电机改为交流发电机,并正式投入大规模生产。从此幸福牌250型摩托车与其他的民族摩托车工业一起开始了中国民用摩托车的辉煌岁月。

今天拥有一辆摩托车对于国人来说已经不是一个遥不可及的梦想,摩托车的生产工艺也已经不再是高精尖的代言词,但前人们勇于开创的民族精神却是我们这个时代的人所永远不能忘怀的。

新闻链接

"井冈山"摩托车开创了中国摩托车的一个时代,上海250型摩托车开创了中国民用摩托车的先河,而在新中国摩托车工业将近半个多世纪的发展历程中,同样充满了很多次具有历史意义的"第一",我们在这里仅将一部分整理出来,希望能从其中多少折射出一些中国摩托车工业从无到有、从小到大的历史变迁的轨迹。

★ **历史检索** ★

1961年3月18日　由全国美协举办的"农村即景画展"在北京举行。展出的近百件作品反映了全国各地大办农业运动的新气象。

3月20日　为纪念我国古代大画家晋朝顾恺之1620周年诞辰、唐朝李思训1310周年诞辰、宋朝王诜925周年诞辰、米沛910周年诞辰、米友仁875周年诞辰、李公麟855周年忌辰、元朝倪云林660周年诞辰、明朝王绂545周年忌辰、徐渭440周年诞辰、清朝朱耷335周年诞辰,故宫博物院举办"纪念中国古代十大画家展览会",展出十大画家的绘画、书法以及后人的摹本、传派等100余件。

> 安装摩托车

第一辆 750 型大排量正三轮摩托车

　　1969 年 3 月，江西赣江机械厂在长江 750 边三轮摩托车的基础上改装设计成正三轮摩托车；当年试制出样车，并小批量生产，型号定为长江 750Z 正三轮摩托车。

最早的机动脚踏两用摩托车

　　1958 年 4 月 27 日，济南自行车零件厂（济南轻骑摩托车总厂的前身）仿照苏式机动自行车，制造出了"卫星牌"机动、脚踏两用车。该车装有单缸汽油机，百公里油耗仅为 1.2 升，全车重量比一般自行车约重 5 千克，亦可人力驾驶。1958 年 3 月，上海自行车厂仿制出 10 辆安装原苏联 д 4 发动机的永久"101"型机动脚踏两用摩托车，后来又按法国样车仿制出永久"102"及"103"型机动脚踏两用摩托车。此两种车是我国最早的机动脚踏两用摩托车。

★ 历史检索 ★

1961 年 3 月 23 日　由全国美协举办的"关于造型艺术的基本练习中的素描问题"座谈会在北京举行。出席会议的有蔡若虹、叶浅予、蒋兆和、滑田友、罗工柳、张安治、李斛、李琦等 30 余人。3 月 31 日　由北京土木建筑学会和全国美协联合召开"建筑艺术座谈会"在北京举行。刘开渠、王朝闻、吴庆华、吴劳、雷圭元、滑田友等出席了座谈会。

最早的 50 型摩托车

1964 年 9 月,济南自行车零件厂(济南轻骑摩托车总厂的前身)以原苏、捷两国联合开发的佳娃 50 型摩托车发动机为样机,车体设计则参照自行车形式研制出我国最早的 50 型摩托车 3 辆,参加济南市国庆 15 周年的游行,故取名为轻骑"15 型"。1980 年,该厂生产的轻骑"15 型"摩托车突破了年产万辆的大关。

最早的 350 型摩托车

1965 年 9 月,上海摩托车制造厂以原捷克"佳娃"350 型摩托车为样车,仿制出 5 辆幸福 350 型摩托车。

最早的 550 型摩托车

1958 年 5 月,上海综合联社摩托车修理合作社按英国"爱雷"(550 毫升、单缸、风冷、四冲程)摩托车仿制出 3 辆样车。新车取名"闪电"牌,用以比喻摩托车速度像闪电一样快速。这是我国第一辆 550 型摩托车。

第一辆东海 750 型摩托车

1970 年 2 月,上海摩托车厂为适应部队需要,承接了东海 750 型军用边三轮摩托车的试制任务。东海 750 型车是在长江 750 型车的基础上更进一步发展的车型。该车参照了英国凯旋(Triumph)公司"胜利"650 型摩托车发动机结构,采用四冲程自然风冷式、直列双缸发动机,并带有电启动装置。

职员表

编导:张孟起

解说:刘家燕

音乐编辑:高　潮

录音:杨志远

北京啤酒

原片解说词

工人在摘啤酒花。

啤酒花,是酿造啤酒的一种重要原料,它不仅含有丰富的营养,还可以用来医疗疾病。所以适量地饮用啤酒,是有助于身体健康的。

北京啤酒厂生产的北京牌啤酒,由于色、香、味具备,很受广大群众欢迎。

作为世界产量最大的饮料酒——啤酒,它的

> 片头

> 倒啤酒

生产几乎遍及全球,而说起它的历史则更是久远。据说啤酒起源自古代的巴比伦王国。那时的巴比伦人已经开始用大麦酿酒,所以有人认为这就是人类制作和饮用啤酒的开端。

据史料记载,当时啤酒的制作只是将发芽的大麦制成面包,再将面包磨碎,置于敞口的缸中,让空气中的酵母菌进入缸中进行发酵,制成原始啤酒。由于谷物的残渣及杂菌污染,当时酒的味道可想而知。

近代的啤酒产生自德国。也正是以德国为中心,啤酒技术人员分布到了欧洲各地,最终将啤酒工艺传播到全世界。

中国自古也有关于类似于啤酒的酒工艺记载,甲骨文中就有关于原始啤酒——"醴"的记载,《周礼正义》中的释名,释饮食一章中解释醴说"醴齐,酿制

★ **历史检索** ★ ──────────────────────────────

1961 年 4 月 6 日　由全国美协举办的"雕塑座谈会"在北京召开。出席会议的有刘开渠、沈从文、阎文儒、陈明达、王朝闻,以及中国雕塑工厂、北京建筑艺术雕塑工厂、中央美院雕塑研究班的青年雕刻家等 40 余人。本月潘天寿在"全国文科教学会议"上提出:"中国画系人物、山水、花鸟三科应该分科学习",引起了争议。

> 灌装啤酒

一宿而成,体有酒味而已也"。高诱注《吕氏春秋》重己篇释醴说:"醴者以糵与黍相醴,不也麴也,浊而甜耳"。宋辞典《玉篇》则解释曰:"醴……甜酒。"

根据以上文献很多专家认为:醴是利用糵(麦芽)糖化黍米淀粉,经过短时间酿造,带有酒味而不分出渣滓的甜味糵酒。醴可能就是原始的啤酒,其酒味较用曲制造的发酵酒要薄,而甜味较浓。但是后来由于曲酒的出现,中国人逐渐喜欢上了酒精含量较高的曲酒,"醴"就没有得到发展,而为曲酒所代替,以致这一工艺失传。正如明代宋应星著《天工开物》所讲:"古来曲造酒,糵造醴,后世厌醴味薄,遂至失传,则糵法亦亡。"从这一记载也可明确知道:自古以来是以糵造醴、以曲造酒的。

正如近代中国其他的轻工业一样,中国近代的啤酒业也是从西方输入的舶来品,1900年由俄国人在哈尔滨建立的乌卢列夫斯基啤酒厂,这是在中

★ 历史检索 ★

1961年4月29日　新华社讯,国务院批准中国人民银行降低农业放款利息,自5月1日起,利率一律从现行的月息6厘降为4厘8。

国土地上出现的最早的啤酒厂。1903年,英德商人合资在青岛建立了英德酿酒有限公司(青岛啤酒厂的前身),啤酒生产能力约300吨。1916年改由日本"麦酒株式会社"经营,年生产啤酒量3 000吨。1945年由民国接手经营。当时的青岛啤酒已具有清亮透明、泡沫丰富、味道醇厚的品质。这不仅得益于天赐甘露——崂山泉水,而且也是德国历史悠久的啤酒酿造技术在中国应用的一种成功范例。

当时的上海啤酒厂在全国范围内是比较多的。新中国成立前有三家,一座是挪威人办的斯堪的纳维亚啤酒厂,建于1912年,是上海地区最早的啤酒厂,因其所产啤酒质量精良,需求量日增,1933年移迁现址(上海宜昌路)扩建新厂,1936年落成。新厂易名为"英商上海啤酒公司"(上海啤酒厂的前身),所产"友啤"啤酒,又名上海啤酒,1958年改称为上海啤酒厂。一座由法商经营的中国啤酒厂,建于1928年,1935年改名为国民啤酒厂,日本统治时期改为酒精厂,即今上海酒精厂。还有一座是英商怡和洋行开办的怡和啤酒

>>

> 制作啤酒

厂,建于1933年,1942年被日本樱花麦酒株式会社接管,日本投降后交还给怡和洋行。新中国成立后,英商作价卖给中国,改称华光啤酒厂。

旧中国的啤酒产业绝大多数由外国人所控制,酒花和麦芽主要从国外进口,啤酒的销售对象也主要是在华的外国商人及军队,还有一部分"上层社会"的人士,同时期的民族啤酒工业只能在夹缝中生存,这也就造成了中国啤酒工业整体上的停滞与落后。

据统计,1949年新中国成立前夕,中国只有七八个啤酒厂,全国的啤酒年产量也只有可怜的7 000余吨,还不足今天一个小型啤酒厂的年产量。

新中国成立后,啤酒工业也得到了新生。从1953~1962年,是啤酒工业得到全面发展的阶段,国家建了一批新的啤酒厂,啤酒年产量的平均增长速

> 工人向锅内倒啤酒花

★ 历史检索 ★

1961年6月7日 新华社讯,距今约3 500多年的商代文化遗址,最近在郑州市被发掘出来,这是中国发现的历史上最古老的一个大城市。这是中国发现最早的一座商代城垣遗址,也是目前发现的商代城垣建筑遗址中规模最大的一座。郑州商城宫殿遗址是安阳殷墟宫殿遗址的2倍,是偃师二里头宫殿遗址的6倍。郑州商城遗址是商代早期和中期文化遗存,是早于安阳殷墟文化的商代早、中期文化遗址。它是郑州成为中国八大古都的标志。郑州商城遗址是以郑州老城为中心,东起凤凰台、西迄西沙口、南到二里岗约25平方公里。城内有宫殿区、奴隶主贵族居住区、平民居住区。城外分布有手工业作坊和墓葬区。郑州商城城垣为夯土板筑,呈近似长方形,北城墙长约1 692米,西城墙长约1 700米,南城墙和东城墙均为1 870米,周长近7公里,面积3.43平方公里。

> 工人在摘啤酒花

度为 38.2%。1963～1972 年,速度虽有所放慢,但啤酒产量仍然增长 1.4 倍。到 1978 年时,中国的啤酒年产量已经达到 40 万吨。

　　1979 年后,中国的啤酒工业进入了高速发展时期,这一时期啤酒工业发展的主要特点是扩建和新建的啤酒厂如雨后春笋,啤酒生产规模也逐步扩大,有的省份几乎每个县、市都有啤酒厂。据 1987 年的统计,仅浙江省就有啤酒厂 104 个。由于实行改革开放政策,从国外引进技术、装备、人才,加快了啤酒工业的发展。产量翻番的时间缩短,到 1982 年,全国啤酒产量为 117 万吨;1985 年,啤酒产量就达到 310.4 万吨;1988 年,啤酒产量又翻了一番,达到 654 万吨。到 1989 年拉萨啤酒厂成立,至此,我国 31 个省、市、自治区都有了本地的啤酒生产企业。

★ 历史检索 ★

1961 年 6 月 9 日　新华社讯,中国有 16 个少数民族的文学史或文学概况已由有关部门编写完成。
6 月 17 日　中国女子登山运动员西绕和潘多登上了海拔 7 595 米的公格尔九别峰峰顶;王义勤、查母金登上了海拔 7 500 米的高度。她们都打破了女子登山高度的世界纪录。
7 月 1 日　新华社讯,中国动画片《小蝌蚪找妈妈》获得第十四届洛迦诺国际电影节短片角帆奖。当时上海美术电影制片厂在技术上花费了大量精力去探索,国画技法的特殊性为实现连贯的景物动态制造了巨大的困难,但最终影片还是获得了前所未有的成功。

今天作为国内以纯生啤酒为核心产品的一流啤酒厂的北京啤酒集团公司也是从这个全新的时代开始了自己全新的创业。

由于北京啤酒采用了优质国产麦芽和新疆酒花，啤酒泡沫洁白、细腻持久，具有幽雅的酒花香味和麦芽香味，口味纯正、清淡爽口，所以成为了当时北方地区群众喜爱的啤酒。从 20 世纪 60 年代起被入选国家"国宴用酒"。而当时的北京啤酒被喜爱它的酒客亲切地叫作"北京白牌"，当时一升啤酒卖五毛三角。在 20 世纪 70 年代，北京啤酒曾经和五星啤酒在北京并分天下，瓜分了大部分的市场份额。每年还向美、英、俄罗斯、朝鲜等国家和地区出口。

近年来，北京啤酒厂在原有的发展基础上不断创新，灵活地针对市场的要求，积极地开发新产品。当他们了解到在海外市场，高档的酒店、餐馆、娱乐场所等早已经是小瓶装啤酒的天下，但国内在这方面显得比较滞后，仅仅能满足消费者的口感需要而不能满足情感需要这一情况时，面对这一潜力巨大的市场，北京啤酒适时而动，率先向国内市场推出高档小瓶装"纯生"新品，使消费者能够通过小瓶装的北京啤酒同样体会到"地道生啤，鲜爽到底"的纯生感觉。

作为市场上第一批"敢吃螃蟹的人"，北京啤酒系列产品进入市场后立即取得了不凡的业绩，从星级酒店、豪华酒楼到超市、大众化餐馆，处处可见北京啤酒的产品。从传统包装的"精品纯生"、"极品纯生"到小瓶包装的"纯生"，丰富的产品受到各个层次消费者的广泛好评。

相信随着中国啤酒工业的发展，北京啤酒厂也必将迎来一个更加美好的春天。

★ 历史检索 ★ ───────────────────

1961 年 7 月 1 日　中国革命博物馆和中国历史博物馆正式开馆。中国历史博物馆由郭沫若先生题写馆名，中国历史博物馆的前身是北京历史博物馆。中国历史博物馆自开馆以来，接待了许多国家的元首和主要领导人、各类代表团。60 年代后期，中国历史博物馆和中国革命博物馆合并，称中国革命历史博物馆。

新闻链接

酒的历史

　　酒来自自然界的微生物变化。在自然界中，果子成熟后从树上掉下来，果皮表面的霉菌在适当的温度下会活跃起来，使果子中的葡萄糖转化为乙醇和二氧化碳，而酒的主要成分就是乙醇。

　　人类在远古时代已经懂得酿造多种不同的酒类来作为日常生活中的饮料。根据历史考证，大约在公元前 20~15 世纪，古埃及、古希腊以及中国古人类已经掌握了简单的酿造技术，并可用五谷、各种果子及不同的原料来酿制不同味道的酒类。在考古中发现当时已有许多精致美观的酒具。

　　随着农业生产的发展，酿酒有了充足的原材料，如广为种植的谷物、水果和牲畜的奶汁、蜂蜜等。而经济的发展，使酿酒技术得以大规模化和不断提高。随着奴隶社会和封建社会的形成和发展，人类的酿酒技术也越来越完善。在中国古代的许多书中都有"琼浆玉液"和"陈年佳酿"。"琼浆玉液"表明人类已经懂得酿制许多种类的酒，从中鉴别挑出质量最佳的酒，称之为"琼

> 啤酒花

浆玉液"。"陈年佳酿"则说明了人类已经掌握把酒陈化这种优良技术,懂得了酒经过陈化会使其味道越发香醇。

　　陶瓷制造业的发展也推动了酿造业的进步。人们制作了精细的陶瓷器具,用以盛装各种酒类并使好的酒能够长期保存。

　　经过长期实践,人类逐渐完善了酿酒技术。特别是在 17 世纪,蒸馏技术应用在酿酒业上,使大批多种类、高质量的酒品得以成功地酿制并长期保存。世界著名的法国白兰地和苏格兰的威士忌以及伏特加都是从那时就开始酿造出来的。

　　迄今为止,人们已掌握了非常完整的酿酒技术,不仅能控制酒的度数,而且可随心所欲地制出各种味道的佳酿。